U0572182

半七捕物帐

蛇女复仇

[日] 冈本绮堂 著
陈雅婷 译

はんしち
とりものちょう

图书在版编目（CIP）数据

蛇女复仇 /（日）冈本绮堂著 ；陈雅婷译．-- 北京 ：北京联合出版公司，2024．9．--（半七捕物帐）．

ISBN 978-7-5596-7726-6

Ⅰ．I313.45

中国国家版本馆 CIP 数据核字第 2024K3X363 号

半七捕物帐：蛇女复仇

作　　者：［日］冈本绮堂

译　　者：陈雅婷

出 品 人：赵红仕

责任编辑：牛炜征

封面设计：吴黛君

北京联合出版公司出版

（北京市西城区德外大街83号楼9层 100088）

北京新华先锋出版科技有限公司发行

大厂回族自治县德诚印务有限公司印刷　新华书店经销

字数1284千字　787毫米×1092毫米　1/64　47.25印张

2024年9月第1版　2024年9月第1次印刷

ISBN 978-7-5596-7726-6

定价：298.00元（全十册）

目录

01
阿文来了

一

我的叔父出生在江户时代末期，知道很多那个时代流传的凄惨鬼怪传说，比如那些最出名的鬼宅，即坊间所称的“不入之间”啊，嫉妒心重的女性死灵啊，执着心强的男性死灵啊，诸如此类。但他深受武士教育的影响，认为“武士之辈不宜置信鬼怪之说”，因此向来竭力否认这类事物。这种武家习气直到明治时期也没有改变。小时候，一旦我们有一搭没一搭地闲聊起鬼怪故事，叔父总会露出不快的表情，不太愿意和我们聊下去。

就是这样的叔父，却也曾有一次，说过这样的话：

“不过，世间确有难以理解之物。譬如阿文一事……”

这“阿文一事”到底指什么，谁也不知道。而叔父似也对背叛了自己的理念，提到了那件怪异难解之事而感到万分后悔，再也不肯多透露一句。我问父亲，父亲也不愿告诉我。但从叔父说话的语气中，我大抵猜到了那件事背后似与K叔有牵扯。最终，我受内心不成熟的好奇心所驱使，跑去了K叔那里。那时，我十二岁。我和K叔并没有血缘关系，只是父亲与他自明治以前就有来往，所以我很小就习惯叫他叔叔。

然而，对于我的提问，K叔也没能给出满意的回答。

“哎呀，那种事情有什么可说的。若跟你说了那些不着边际的鬼怪话题，我就要挨你父亲和叔父的骂喽。”

平时很健谈的叔叔，在这个问题上也是坚决闭口不言。我手里没了再去探究的线索，在学校里每天忙着把物理、数学等知识塞进脑袋里，于是“阿文”这个女名在我脑海里渐渐如烟雾一般飘散了。那之后大概过了两年，隐约记得应该是十一月末吧，我从学校放学回家时，天淅淅沥沥地下起了冷雨。到了日落时分，雨势已经很大了。今天K婶受邻居的邀请，应该上午就到新富座[1]赏玩去了。

“明晚我在家，到时候过来玩吧。”K叔昨天曾对我说。于是我守着这个约定，一吃完晚饭就去了K叔那里。K叔家离我家很近，直线距离也就四町[2]左右，地点在番町[3]。那个时候，那里还留有江户时代的余韵，残存着许多尚未被拆除的武家老宅。就算是大晴天，那一带也总跟阴天似的泛着昏暗的影子，下雨的傍晚就更是冷寂了。K

[1] 新富座：日本明治时期设于东京的一家剧院。由江户时代的守田座改称而来。——译者注，若无特殊说明，本书注释均为译者注。

[2] 町：日本尺贯法下的长度单位与面积单位。表示长度时，1町≈109米，因此4町≈436米。

[3] 番町：江户时代日本江户的一个住宅区，现被称为“番町区”，为东京都千代田区一番町至六番町的总称。江户时代该区域里都是武士阶级的住宅，明治维新以后发展成为安置政府官员及其家属的住宅区。

叔的宅子也在旧时某个大名[1]的府邸之内，他住的地方以前大概是家老[2]、管家身份之人的居所，总之是一户独立的院落，庭院四周还用很粗的竹子编成的篱笆围了起来。

K叔从官署回来后已经吃过晚饭泡过澡了。他陪着我在煤油灯前闲聊了大约一小时。这个夜晚，雨水打在八角金盘挨着护窗板的硕大叶子上，时不时发出噼噼啦啦的响声，让人联想起外头的黑暗。柱子上挂着的时钟敲了七下，叔叔突然停下话头，听起了屋外的雨声。

“雨下大了呀。”

“看来婶婶回家要犯难了。”

“哪里的话。我叫人力车去接她了，不打紧。”

说着，叔叔又一言不发地喝了会儿茶，最后

[1] 大名：日本古时封建制下对领主的称呼，由“比较大的名主”这一词语转变而来。所谓名主就是某些土地或庄园的领主，土地较多、较大的就是大名主，简称“大名”。

[2] 家老：日本封建时代大名的重臣，负责统率家中武士，总管府中事务。家臣的头目。

稍稍正色起来。

“喂，你以前打听过的阿文的事，不如今晚我和你说说？这样的夜晚正适合聊鬼怪的话题。就是你啊，胆子太小。”

我确实胆子小。即便如此，每当有机会听闻恐怖事物时，我还是很喜欢绷着自己的小身板，强撑着去听这些鬼故事。况且阿文一事已成了我多年的疑问，更难得的是，叔叔今天竟然自己提起来了，我的双眼一下就亮了起来。我故意挺起胸膛，抬头直勾勾地看着叔叔的脸，好像在表达只要有这明亮的煤油灯在，什么鬼故事我都不怕。我这故作勇敢的稚气举动看在叔叔眼里似乎非常滑稽。他沉默了一会儿，然后咧嘴笑了起来。

“那我就说给你听听。待会儿要是害怕到不敢回家，可别闹着要住我这儿哦！”

如此吓唬了我一句之后，叔叔就平静地说起了阿文的故事。

“那时候我正好二十岁，所以应该是元治元

年[1]——你就想着是京都发生蛤御门之变[2]的那年就行了。”这是叔叔的开场白。

那时候，番町里住着一个石高[3]三百石的旗本[4]叫松村彦太郎。这个松村拥有广博的学识，特别精通兰学[5]，因此在朝中负责处理外国事务，花钱有些大手大脚。他的妹妹阿道在四年前嫁到了小石川西江户川端[6]一个叫小幡伊织的旗本家里，

[1] 元治元年：公元1864年。元治是日本孝明天皇的年号，当时江户幕府的将军是德川家茂。

[2] 蛤御门之变：亦称禁门之变，指元治元年旧历七月十九（公元1864年8月20日）在京都蛤御门发生的武力冲突事件。

[3] 石高：日本幕府时代用以表示土地生产力的一种单位制度，以石（音同“担”）为单位，亦用来表示武士阶级的收入和俸禄。

[4] 旗本：中世纪至近代的日本武士的阶层之一。

[5] 兰学：全称为“荷兰学术”，指日本江户时代经荷兰人传入日本的学术、文化、技术等，亦可引申为西洋学术。

[6] 小石川西江户川端：江户时代江户城地域名。指“小石川”区域内的“西江户川端”，这里旧时是武士阶级的聚居区。明治年间改为东京府小石川区西江户川町。

还生了一个女儿叫小春，那年三岁。

有一天，阿道带着女儿小春来到了哥哥家，没头没脑地突然就说："我在小幡家待不下去了，想与他和离。"这可把哥哥松村吓了一跳。他想细细询问一下个中缘由，但阿道就是煞白着一张脸，什么也不肯说。

"这可不是你不说就能了的事，赶快把详情一五一十地说出来。女子一旦嫁人便不可无故和离，反之，夫家也不可无故休妻。你冷不防地就说要断了这夫妻缘分，这我怎么听得明白呢？若哥哥我听了你的缘由，也觉得有理，那我就去为你交涉。快说吧，到底出了什么事？"

这种场面，在场的就算不是松村，大抵也只能先说这些话劝慰劝慰。然而阿道执意不肯说出缘由，只说自己在那个家里是一天也待不下去了，让哥哥赶紧替她去办和离之事。这个时年二十一岁的武士之妻，就如一个任性撒娇的孩子，来来回回只说这句话，最终惹得素来很有耐心的兄长也焦躁起来。

“愚钝！你仔细想想，我没个缘由，怎么跑去帮你求和离？就算我去了，对方能答应吗？你嫁过去前后已有四年，不是一天两天了，何况还有了小春这个孩子。在夫家，舅姑[1]不劳你照顾，丈夫小幡也是个温和稳重之人，身份虽然低微，但也是本本分分地为圣上做事。到底是哪里不如你的意，你要与他和离？”

不管他怎么骂怎么劝，阿道就是油盐不进。松村心想，原以为应该事不至此，但这世上也并非没有先例。小幡家有年轻的武士，附近武家的次子、三子们花天酒地游手好闲的比比皆是。妹妹也还年轻，难道是做出了什么丑事，身败名裂以至于不得不主动离开？这么一想，哥哥的言辞也就严厉起来。“既然你坚持不肯说出缘由，我自有我的办法。我现在就带你去小幡家，让你当着丈夫的面把事情一五一十都说出来。走！”说着，抓住妹妹后脑勺的头发就要把她拉走。

[1] 舅姑：古时指公婆。

阿道看哥哥气势汹汹，想也是没辙了，只好哭着道歉说：“我说，我说。”她边哭边说了前因后果，而松村听了以后又是一惊。

事情发生在七天前的那个晚上，阿道收拾好女儿小春过三月初三节句[1]用的雏人偶[2]之后，她的枕边出现了一个披散着头发、面色惨白的年轻女子。这个女子仿佛淋了水，头发、和服全都湿透了，双手搭在草垫上毕恭毕敬地行礼，看那举止态度像是在武家侍奉过的。女子什么都没说，也没什么吓唬人的举动，只是沉默地蹲伏在那边而已，却让人觉得可怕到无可言喻。阿道吓得寒

[1] 节句：日本有五个传统节日，称为“节句”，分别是1月7日人日、3月3日上巳、5月5日端午、7月7日七夕、9月9日重阳，统称“五节句”。五节句旧时采用旧历，明治维新后改用西历。

[2] 雏人偶：日语为“雛人形”，“人形”在日语中意即“人偶”，雏人偶即日本女孩节上所用的和服娃娃。女孩节与上巳节是同一天，都在旧历三月初三，明治维新后改为西历3月3日。

毛直竖，猛地抱紧了盖被的袖子[1]，从噩梦中惊醒。

与此同时，睡在自己旁边的小春也像被噩梦魇住了似的，突然大哭起来，连声喊着“阿文来了，阿文来了”。看来这个全身湿透的女人同样闯进了年幼女儿的梦里。阿道想，小春拼命哭喊的“阿文”二字，应该就是那个女人的名字了。

阿道战战兢兢地过了一夜。出身武家又嫁入武家的她以议论鬼怪之事为耻，因此那晚的事她甚至连丈夫也没告诉。然而，这浑身湿透的女人在第二天、第三天的夜里依旧面无血色地出现在她枕畔。每当这时，年幼的小春也一定会大喊“阿文来了”。胆小的阿道已经吓得快受不了了，仍然没有勇气把事情告诉丈夫。

同样的事情接连发生了四晚，阿道也因惊恐难眠而精疲力竭。最后，她再也没有余力去顾及什么耻辱不耻辱，一咬牙，终于把整件事与丈夫

[1] 盖被的袖子：江户时代的被子是和服形状的，因此有袖子。

和盘托出。没想到小幡只是笑笑，完全没有当回事。这之后，这浑身湿透的女人也没有放过阿道的意思，依旧出现在她的枕边。不管阿道怎么解释，丈夫就是不肯理会她的说辞，最终大抵是嫌弃她“身为武士之妻有失体统”，心里有了芥蒂。

“就算是武士，也万没有在一旁笑看妻子受苦的道理。”

丈夫冷漠的态度使阿道渐渐心生怨怼。这样的痛苦若再持续下去，自己迟早会被这来历不明的鬼怪折磨致死。事已至此，只能抱着女儿尽快逃出这闹鬼的宅子，别无他法了。这时候的阿道，已经顾不上丈夫也顾不上自己了。

“如此这般，我在那所宅子里已经待不下去了。请您谅解。”

即便在叙述事情经过之时，阿道也时不时地屏息颤抖，仿佛一回想起当时的情形就让她寒毛直竖。她那提心吊胆的神色怎么看也不像是装的，这让哥哥松村不得不陷入了沉思。

“真有这等事？”

怎么想都不可能。小幡会不理睬也是可以理解的。松村也想过劈头盖脸地呵斥妹妹净说蠢话，可妹妹已被逼得如此山穷水尽，自己还一味责骂，把她们赶出去，那这对母女也未免太过可怜。既然妹妹这么说，此事背后也许藏着复杂的隐情，也未可知。于是松村决定，不管怎样，先去见一见小幡，了解清楚情况再说。

“光凭你一面之词，我也不好下判断。无论如何，我先去见见小幡，听听他的想法。万事交给我吧。”

于是，松村把妹妹安顿在自己府里，带上一个提草鞋的侍仆，立刻动身去了西江户川端。

二

在去小幡家的路上，松村也考虑了很多。妹妹是妇孺之辈，本就不足挂齿，自己可是堂堂男子汉，更是佩带大小双刀[1]的武士。武士之间的交涉谈判，总不能一脸严肃地讨论鬼怪话题吧。要是让对方觉得自己松村彦太郎一把年纪却如此愚蠢，那还了得。于是，他绞尽脑汁想找个巧妙的开场白，可这问题实在太过单纯，横竖找不着一条行得通的路子。

西江户川端的宅邸里，主人小幡伊织正好在家，松村很快就被请到了客厅。寒暄一番后，松

---

[1] 大小双刀：江户时代的武士必须随身佩带两把武士刀，一大一小，大刀叫本差，为主武器，一般是打刀；小刀称为胁差，为备用武器，刀身形制一般与打刀一致，但长度较短。

村苦于找不到说明来意的机会。虽已做好了遭人嘲笑的心理准备，但一见着对方的面，忽然怎么也没法提起鬼怪之事了。过了一会儿，小幡先开了口：

“今日阿道是否拜访兄长家中了？”

“正是。”言毕，松村还是接不上话。

“那么，不知她和您说了没有。妇孺之辈嘛，愚昧，说什么最近撞了鬼，哈哈哈哈哈。”

小幡笑了起来。松村也只好赔笑，然而光赔笑也解决不了问题，所以他心下一横，趁机将阿文一事说了出来。说完以后，松村擦了擦额头渗出的汗。如此一来，小幡也不得不收起了笑容，皱起眉头露出一脸难色，有一阵子没再开口说话。如果仅仅是闹鬼，那笑骂一番阿道愚昧胆小也就过去了。可如今问题变得如此复杂，甚至于劳动大舅子来谈和离，小松也不得不严肃对待这桩闹鬼风波了。

“无论如何，先查一查吧。”小幡说。依他的想法，如果府中确实闹鬼，也就是说这宅子确实是世间所谓的“鬼屋”的话，那以前应该也有人遇到过幽灵。可小幡已在这府中住了二十八年，别说自己了，甚至从没听其他人提过类似的传闻。不论是在自己年少时便已辞世的祖父母，还是八年前离世的父亲、六年前辞世的母亲，以前都从未说过此类话题。若只有四年前才嫁过来的阿道见过，这倒是最大的稀奇。就算出于诸多缘由，只有阿道能看见那女鬼，那为何这女鬼直至阿道入门四年后才开始作祟，这一点也颇令人费解。然而现下没有其他的线索，能做的就只有把家中人等都找过来盘问一番了。

“只能有劳您了。”松村也同意这个做法。于是，小幡先把管家五左卫门叫了出来。五左卫门今年四十一岁，祖上世代都在小幡家里当差。

“自上一代老爷在世时起，小人从没听说过这样的传闻，也未曾听父亲提起过。”

他立刻干脆地回答道。之后小幡又找了家中的侍卫、仆役长等人来问话，但他们都是刚从别处雇来的，当然对此一无所知。接着又调查了府中的婢女，她们也是首次被问到此事，只在那儿一个劲地发抖。最终也没问出个所以然来。

“既然如此，那就把池底淘干净看看！”小幡命令道。小幡府中有个方圆百坪[1]的古池，他觉得，既然出现在阿道枕边的女鬼全身湿透，那或许池底沉着什么秘密呢？因此才下了疏浚古池的命令。

第二天，他就召集了大量小工，来府里疏浚古池。虽然小幡和松村都在现场盯着，但池里除了鲫鱼和鲤鱼之外什么都没捞出来。池底的污泥里连一根女人的头发都没找见，更别提什么可能留有女人的执念的梳子、发簪之类的东西了。之后小幡又让人淘了府内的水井，竟从深深的井底抓住了一条红色的泥鳅，令人啧啧称奇，但终究是白忙活了一场。

线索已然全断。

---

[1] 坪：日本传统尺贯法下的面积单位。1 坪≈3.31 平方米，故 100 坪约为 331 平方米。

于是，这回换松村出主意，把万分不情愿的阿道强行带回了小幡家，让她和小春一起在平时就寝的房间里过夜。松村和小幡则藏在邻室等待夜深。

那天晚上月色朦胧，气温和暖。神经极度紧绷的阿道怎么也睡不安稳，年幼天真的小女儿却睡熟了。突然，小春跟被细针扎了眼球似的大叫起来，接着又低声呻吟起来："阿文来了，阿文来了。"

"喂，来了！"

严阵以待的两位武士提着刀，猛地拉开了拉门。春夜温凉的空气沉淀在密闭的室内，纸罩座灯亮着微弱的光芒，眨也不眨地盯着母女的枕边。房中没有一丝微风自屋外吹入，只有阿道紧紧抱着自己的女儿，将脸埋在枕头里。

活生生的证据就在眼前，松村和小幡面面相觑。不过，这连他们的眼睛都看不见的女鬼，年幼的小春又是怎么得知她的名字的呢？这是第一个疑点。小幡哄着小春问了许多问题，可一个三岁的孩子，口齿尚不清晰，怎么指望她提供什么有用的信息呢？那浑身湿透的女鬼会不会附了小春的身，要将自己被隐匿的姓名讲与世人知晓呢？想到这儿，两位带刀的武士也不禁感到有些毛骨悚然。

管家五左卫门放心不下，第二天就去市谷[1]找了个有名的卦师询问。卦师要他挖开宅子西边那棵高大的山茶树的根看看。五左卫门本着姑且一试的心态照办，结果除了证明那卦师是个骗子以外一无所获。

由于夜里实在无法入眠，阿道就改成了在白天睡觉。那女鬼在白天似乎不敢现身，这让阿道姑且松了口气。可武士之妻如娼妓一般昼伏夜出，这种不合常规的生活方式若持续下去，不仅麻烦他人，本身也非常不便。若不想办法一劳永逸地驱散幽灵，小幡一家的和乐安稳恐怕永远都指望不上了。另一方面，这类鬼怪之事若是传了出去，

[1] 市谷：江户时期地名，位于今东京都新宿区。

难免败坏家族的名声，因此小幡自然严守秘密，也给自家的仆众下了封口令。即便如此，风声依旧走漏了出去，往来这家大宅的人暗地里都听到了可怖的传言：

“小幡家闹鬼。好像有个女人的幽灵在作祟。”

虽然大家私下里都在议论，但在武士之间的来往中，还是没人会将鬼怪骚动摆上台面的。然而，这当中出现了个颇为直肠子的男人，那就是当时住在小幡家附近的 K 叔。他也出身旗本家族，是家里的第二个儿子。听说这个传闻后，叔叔立刻大剌剌地跑去了小幡家，询问是否确有其事。

小幡与 K 叔平日素有交情，于是毫无遮掩，痛快地把秘密告诉了他，接着问他是否有办法探明幽灵的真身。在那个年代，不管是旗本，还是直属于将军的下级武士，江户武家的次子、三子们大抵都是无官无职的闲人。长子当然要继承爵位家业，而次子、三子们除非因特殊的才能而受到主君青睐，被封地授爵，或是被过继到别家当养子，不然几乎是没有出人头地的希望的。所以很多人都是赖在兄长家中，明明是身佩大小双刀、足够独当一面的男人，却成天无所事事。从一方面看，他们似乎颇为懒散，但从另一方面看，他们的处境又极其悲惨。

世道的裹挟迫使他们只能成为放纵而懒惰的高等游民。他们中的大多数都是浪荡子，唯恐天下不乱，借此排解心中的烦闷。K 叔身为家里的次子，自然也免不了赋闲的命运，因此要商量这类鬼怪之事，他是最合适不过的人选了。当然，叔叔也高高兴兴地把这事答应了下来。

答应下来之后，他开始考虑。现如今，像老故事中渡边纲或坂田金时[1]片刻不离地在源赖光枕边值守的做法已经不时兴了。K 叔想到，必须先查明那名叫“阿文”的女子的出身来历，以及她和小幡家到底有什么关联。

“您的亲戚或家仆中有叫阿文的女子吗？”

---

[1] 渡边纲、坂田金时：均为日本平安时代中期著名武将，与卜部季武、碓井贞光并称“赖光四天王”。

小幡回答毫无印象。亲戚中自然没这个人，而家仆因为时常更换，不会特意去记，但最近肯定没雇过叫阿文的女人。再深入探寻一番后，叔叔了解到，小幡家长年来按惯例雇两名婢女，其中一名通常是领地农村出来的，另一名则一般通过江户的请宿[1]随意雇佣。而小幡家世代来往的请宿是音羽[2]的堺屋。

根据阿道的说辞，那个女鬼生前应该在武士家服侍过，因此叔叔决定先把地远路遥的领地农村往后放放，先去附近的堺屋问一问。据他考虑，小幡祖上也许曾雇过一个叫阿文的婢女，只是小幡不知道而已。

“那就有劳你了，不过，此事千万不要声张。”小幡说。

“这是自然。”

---

[1] 请宿：江户时代为外来务工人员提供必要食宿和就职斡旋的介绍所。

[2] 音羽：小石川区域的町名，今属东京都文京区，现行政地名为音羽一丁目与音羽二丁目。

两人约好后，叔叔就告辞了。那是三月末的一个晴天，小幡宅邸中的八重樱苍翠欲滴，十分惹眼。

三

K 叔去音羽的堺屋调查了婢女的往来账目。由于小幡家世代与堺屋来往，因此堺屋派遣到小幡家的每个仆从名字应该都登记在册。

然而，调查结果正如小幡所说，近期记录中并未出现“阿文”这个名字。于是 K 叔又不停回溯年份，将三年前、五年前、十年前……在档的记录都调查了一番，结果连阿冬、阿福、阿房等读音相近[1]的女名都没找到一个。

“难道真是从领地农村来的？”

虽产生了这种念头，但叔叔还是顽强地一本本翻着旧账簿。堺屋在三十年前曾遭过火灾，

[1] 阿冬（おふゆ）、阿福（おふく）、阿房（おふさ）等名字在日文中的读音与阿文（おふみ）都只有最后一个音节不同。

账簿被烧了个一干二净，一本也没有留下，因此就算把店里的旧账簿都翻一遍，也只能追溯到三十年前。叔叔鼓起干劲，决心看完这些账簿记录，于是耐心地循着泛黑纸上褪色的墨迹寻找线索。

这一本本横订账簿上记着的并非小幡家的专属往来账，而是堺屋与所有宅邸的往来账，因此需要一列一列细细去找小幡的名字，异常麻烦。何况账簿记载的年代又长，笔迹很不连贯。有遒劲铿锵的男性字迹，也有纤细蜿蜒的女性字迹，甚至还有仿佛出自孩童之手的近乎全假名[1]的字迹。在这些“遒劲铿锵”和“纤细蜿蜒”当中盘桓了一阵后，叔叔的脑袋和眼睛也开始晕了。

他有些生厌，心里有些后悔，自己怎么就为

[1] 假名：日本基于汉字草书、偏旁创造出的一套本国文字，可以标示日语读音。成年人一般将汉字与假名以一定的规则混用，而儿童由于认识的汉字较少，因此多用假名进行拼写。

了找乐子而揽了这么桩麻烦事呢。

“这不是江户川的少爷[1]嘛！您在查什么呢？”

一位男子笑着在店头坐下。他年纪四十二三岁，瘦骨嶙峋，条纹和服上披着条纹羽织[2]，任谁看来，他这一身都是生性正派的町人[3]风范。肤色浅黑，鼻梁高挺，眼神蕴含丰富的情感，宛如艺人，这是他那张瘦削长脸上最显著的特征。他是神田[4]的半七，是个捕吏，妹妹在神田明神[5]附近

---

[1] 江户川的少爷：此类称呼中的“江户川”并非姓氏，而是其家族所在地，表示此人来自江户川区域。这种称呼方法后文中会频繁出现。

[2] 羽织：日本传统服饰，是一种长及臀部的开衫外套，通常用于防寒或礼装。

[3] 町人：日本江户时代的一种社会阶层，居住在城镇（即日语中所谓的“町”）中，主要是商人，也有部分工匠。在江户幕府的“士农工商”身份制度下，属于最低的“工”“商”两级。

[4] 神田：江户时代地区名，旧东京市的神田区，今在东京都千代田区东北部。

[5] 神田明神：神田神社。今位于东京都千代田区外神田二丁目，俗称“神田明神”。

教人演奏常磐津[1]。由于叔叔时常去那儿玩耍，与哥哥半七自然也就熟络起来。

半七在捕吏中间也算颇有势力的，然而在这业内，他是个罕见的正直、爽快，颇有老江户风骨的男人，从没传出过仗势欺人的坏名声，对谁都很亲切。

“还是那么忙？”叔叔问。

“可不。今天也是上这儿办差来了。”

接着又寒暄了几句，叔叔突然想到，对象如果是半七，把那个秘密跟他说了应该无妨。不如就把知道的都告诉他，借他的聪明才智一用。

“你身上有差事，我心下虽然过意不去，但有件事还是想问问你……”说着，叔叔四下张望了一圈。半七爽快地答应了。

“虽然不知道是什么事，总之先说说看吧。喂，老板娘，借你家二楼用用，可以吧？”

---

[1] 常磐津：常磐津节。三味线音乐的一种，“净琉璃”流派之一，由被称为“太夫”的讲述人和负责演奏三味线的“三味线方”组成。

说完，他率先登上了狭窄的二楼。二楼空间大约六叠[1]，昏暗的墙角里堆放着藤条衣箱等杂物。叔叔随半七上了二楼，跟他详细描述了小幡家发生的怪事。

“如何？有没办法追查出这个女鬼的来历？如果知道了女鬼的身份，只要做场法事供养一番将她送走，应该就不妨事了……”

“话倒是不假……”半七歪着头沉思了一阵。“我说，少爷。女鬼真的出现了吗？”

“这……”叔叔也不知该如何回答，“说是真的出现了……但我也没亲眼见过。”

半七又沉默着吸起了烟。

“你说女鬼的外表很像武士家的侍女，而且全

[1] 叠：用以表示房间地板面积的单位，一张榻榻米的面积为1叠。在日本各地，1叠代表的具体面积略有不同，按关东地区惯用的“江户间”尺寸，1叠≈1.54平方米。

身都湿透了，对吧？也就是说，和《皿屋敷》[1]里的阿菊很像？”

“这个……确实如此。”

“那家有人读草双纸[2]吗？”半七冷不防问了个不着边际的问题。

“家主不看，但内宅的女眷好像会看。似乎经常出入附近一家叫‘田岛屋’的租书铺。”

“府上所属的菩提寺[3]是……？”

---

[1]《皿屋敷》：日本著名鬼怪故事。故事梗概如下：有一个叫阿菊的女婢不小心打破了主人珍藏的十个盘子中的其中一个，被砍下了一根手指作为赔偿并囚禁，逃脱后投井自尽，化作鬼魂每天晚上数盘子，“一个……两个……三个……”，数到第九个就开始哭，然后再次从头开始数起。

[2] 草双纸：盛行于江户时代中期到后期的日本通俗小说。

[3] 菩提寺：日本江户幕府为了管制民众的宗教信仰，抑制基督教的输入，实行寺请制度和檀家制度，所有民众都必须选择一家寺院归属，成为其檀家（施主），由其独占性地代理檀家的一切丧葬法事，并由寺院发给所属檀家“寺请证文”，证明其非基督教徒。檀家所归属的寺院便称为这家的菩提寺。

“是下谷的净圆寺。”

“净圆寺。哦，是那儿啊。”半七莞尔一笑。

“想到什么了吗？”

“小幡夫人姿容可好？”

“这个，称得上美貌吧。年纪二十又一。”

“少爷，您看这样如何？”半七笑着说，“虽然我是外人，按说不便插手武士家事，但这事交给我办怎么样？不出两三日，一定可以了结。当然，此事你知我知，绝不会透露给第三人知晓。”

K 叔信得过半七，便对他说：“那就有劳你了。”半七虽接了这桩子事，但他说，自己终归只能在暗中帮忙，明面上还是叔叔在调查，为了到时方便向小幡汇报结果，希望叔叔从明日起跟自己一起行动。叔叔反正是个闲人，立刻就答应了。都说半七在同行当中都算很有能耐的，他究竟会如何处理此事呢？抱着这样的好奇，K 叔非常期待明日的来临。与半七道别之后，叔叔去深川[1]某处参加了一个俳句歌会[2]。

叔叔当天玩到很晚才回家，因此翌日早晨起床异常痛苦，但他还是赶在约定的时间去约定地点与半七碰头了。

“今天先去哪里？”

“先从租书铺开始吧。”

于是两人去了音羽的田岛屋。叔叔家也是这家租书铺的主顾，所以和掌柜大叔很熟。半七见了掌柜，问他小幡府邸自今年正月以来都借过什么书。由于铺里并未将来往书籍一一记录在册，掌柜的一时也答不上来，最后还是陆续回想起了两三部读本[3]和草双纸的标题。

“有没有借过《薄墨草纸》这本草双纸？”半

---

[1] 深川：江户时期地域名，今东京都江东区深川町，现行政地名为深川一丁目和深川二丁目。

[2] 俳句歌会：众人聚在一起围绕一定的主题轮流创作和歌，顺次咏唱，并评选优胜者的歌会。俳句为和歌中短歌的一种，取短歌最初的三句，即“5-7-5”三句十七音为一首。

[3] 读本：受中国白话小说影响而在江户时代后期流行的传奇小说集。

七问。

“有的有的。我记得应该是二月前后借出的。”

“能否给我看看？”

掌柜从架子上拿了两册一套的草双纸走了过来。半七拿过下卷翻了七八页后把书摊开，轻轻递给了叔叔。只见书页上画了一张插图，是一个貌似武士之妻的女人坐在屋里，屋外的檐廊边则有一个貌似婢女的年轻女子垂头丧气地低着头。这婢女正是一个幽灵。庭院里有个开满了燕子花的池子，而这个婢女幽灵则像刚从池底浮出一般，头发与和服都湿透了。幽灵的面庞和身形被刻画得异常骇人，妇孺之辈见了定会被吓得不轻。

叔叔大吃一惊，但并非惊叹于幽灵的骇人可怖，而是惊讶于这幽灵的形象竟与自己脑中想象的女鬼阿文如此相近。叔叔接过草双纸一看，封面上写着《新编薄墨草纸》，作者是为永瓢长[1]。

---

[1] 为永瓢长：日本江户时代后期的剧作家，生卒年不祥。

“你不妨借了看看，很有意思哦。”半七用他那富有深意的独特眼神暗示道。

于是K叔将两册草双纸揣进怀中，出了田岛屋。

“那草双纸我也读过，昨天听你说那女鬼骚动时，忽然就想了起来。”来到大马路上之后，半七开口说道。

“这么看来，小幡夫人许是看了这草双纸上的插图，受了惊，晚上就梦到了这幽灵。”

“这倒说不准。总之我们再去下谷看看吧。”

半七率先迈出一步。两人爬上安藤坂[1]，经过本乡[2]，来到了下谷[3]的池之端[4]。今日一早便无

[1] 安藤坂：从传通院前下至神田川的坡道，江户时期颇为宽广且坡道很急。公元1909年（明治四十二年），为了架设路面电车而将坡道改缓。

[2] 本乡：江户时期的地域名。今东京都文京区本乡地区。

[3] 下谷：江户时期的地域名。今东京都台东区下谷地区。

[4] 池之端：江户时期的地域名，位于今东京都台东区西部。

风，暮春的天空如磨亮了的碧玉一般晴朗无云、耀眼夺目。

防火望楼[1]之上，有只老鹰如睡着了一样一动不动。一位戴着笠形钢盔的年轻武士骑着有些汗湿的健马似要远游，阳光已然初具夏季的猛烈感，照得钢盔的帽檐闪闪发光。

小幡家的菩提寺——净圆寺是一座规模很大的寺院。一进山门便能看到一大片盛开的棠棣。两人见到了住持。

住持四十岁上下，皮肤白皙，微微有些青色胡楂儿。来客一人是武士，另一人是捕吏，住持自然不敢怠慢。

来此途中，两人已经互相通过气，所以叔叔先开口，说小幡府上最近发生了怪事，小幡夫人的枕畔出现了女鬼，问住持能否办一场退治女鬼的法事。

---

[1] 防火望楼：江户时代用以尽早发现火情、召集消防部门、撞钟预警的哨塔。

住持一言不发地听着。

“请问，这是小幡大人的意思，还是您的意思呢？”

住持捻着念珠，略显慌乱地问。

“两者都一样，总之想请您应承下来，如何？”

叔叔和半七目光如炬，看得住持脸色发青，不禁微微战栗。

“我等修行尚浅，无法保证一定应验，但必定凝结一心，祈祷护持，以求度脱亡灵。”

“那就劳您费心了。”

接着，住持说已到午膳时分，便为二人呈上了精致的斋菜，还有美酒。虽然住持一杯未饮，但两人毫不客气地吃饱喝足。回去时，住持悄悄往半七手里塞了个纸包，说：“路途遥远，两位不妨雇个轿……”半七则挡了回去。

“少爷，这事解决了。那臭和尚，整个在发抖呢。”半七笑着说。住持脸色铁青也好，款以美酒佳肴也好，无不证明了他无言的臣服。即便如此，还有一件事，叔叔仍百思不得其解。

“不过，一个小孩为何会喊‘阿文来了’呢？不明白。”

“这我也不清楚。”半七依旧笑着说，“小孩子不会无缘无故说这种话，定是有人教她的。不过我得提醒您一句，那个和尚可不是个好东西……就像当初延命院的事[1]一样，他也时不时会传出那样的丑闻。正因如此，你我不请自来，就算明里不说什么，他也会因为心中有鬼而战战兢兢。今天给他个下马威，之后他就不敢再耍什么花招了。好了，我该做的都做完了。之后就看您拿捏一下分寸，去和小幡家的老爷汇报一下结果了。那么，告辞。”

两人在池之端分别。

---

[1] 延命院事件：享和三年（1803）延命院的住持日道（一说“日润”）与幕府的高级女官们通奸，传出丑闻，后被寺社奉行所（江户时代主管寺庙有关事务的行政机关）揭发，处以斩刑。

四

回家路上，叔叔顺道拜访了本乡的朋友，但朋友说有相熟的舞蹈师傅要在柳桥[1]某地进行大排演，出于情谊，自己正要去那儿露个脸，邀请叔叔也一同跟着去。于是叔叔包了些贺礼一起去了。美娇娘聚在一起，叔叔在她们中间喧闹玩耍，开开心心地喝到华灯初上才醉醺醺地回家，因此那天他没能前往小幡的府邸报告调查结果。

第二天，叔叔拜访小幡家，见到了家主小幡伊织。他没提半七，而是摆出一副从头到尾都是自己独自调查的神气，得意扬扬地报告了草双纸一事以及自己与和尚的交锋。小幡听着听着，脸

[1] 柳桥：旧时存在于今东京都台东区柳桥地区的著名花街，青楼、艺伎馆林立。

色明显沉了下来。

很快，小幡叫来了妻子阿道，将《新编薄墨草纸》摆在她眼前，严肃地审问道：“你梦里见到的女鬼，真身是不是这个？”阿道大惊失色，一言不发。

“听说净圆寺的住持是堕落的破戒僧。你肯定也受他哄骗，做出了丑事！还不从实招来！”

不管丈夫怎么责骂，阿道只是一个劲哭，坚称自己绝没有做过什么不合礼法之事，但她坦承自己确实过于轻率，也知道自己犯了错误。接着，她在丈夫与叔叔面前将一切都说了出来。

“妾身正月去净圆寺参拜时，与住持师父在别屋里聊了一阵。那时，住持师父仔细端详妾身的脸，屡屡叹气，最终如同自言自语一般低声说道：‘唉，运数不济啊。’那一天妾身没有追问，就此回府，可到了二月，妾身再次去寺里参拜时，住持师父再次看着妾身的脸叹起了气。妾身心里不安，便提心吊胆地问道：‘您为何叹气呢？’住持师父一脸悲悯，告诫妾身说：‘您的面相实在不好。

若您已成婚，恐有杀身之祸啊。若想避祸，您须辞别夫君，否则不单是您，恐怕连令爱都要遭受可怖之灾啊。’妾身听罢大为惶恐。妾身自己也就罢了，无论如何不能让女儿遭遇不测。于是妾身就问师父有何化解之法，师父说：‘母子连心，若您不设法避祸，令爱恐怕也难逃祸端。’听了高僧的话……妾身的心……请您明察。”说罢，阿道大声哭了起来。

“你现在听来，可能只会将之斥为迷信、愚昧。但当时的人，特别是女人，大家都是对神佛鬼怪深信不疑的。”叔叔暂时撇开主题，跟我解释道。

自那以后，阿道心中总是笼罩着一个阴影，挥之不去。不管要遭受什么灾难，自己都可以认命，可若要殃及可爱的女儿，作为一个母亲，这种事是恐怖到想都不敢去想的，因为太过痛心。对于阿道来说，夫君固然重要，女儿尤为爱怜，甚至重于自己的生命。阿道想，若要拯救女儿，兼顾自身的命运，那就只能辞别可爱可亲的夫君了。

即便如此，她也几度踌躇。两个月的光阴在这踌躇间快速流过，女儿小春的节句来了，小幡家也摆上了雏人偶。望着摆放雏人偶的阶梯架，桃红色的夜灯闪烁着朦胧的影子，阿道悲伤地想，明年、后年，还能像现在这样平安顺利地为女儿庆贺吗？心爱的女儿能永远平安吗？这一对被诅咒的母女，谁会先被祸事吞没呢？恐惧与悲伤之情在她的心中一下扩散开来，今年的白甜酒[1]竟没能让这位可怜的母亲酣醉。

五日之后，小幡家收起了雏人偶，这让阿道更感到寂寥。那日午后，阿道正在阅读从租书铺借来的草双纸，小春倚在母亲的膝旁，漫不经心地窥伺着书里的插图。这本草双纸就是《新编薄墨草纸》，讲的是一个叫阿文的婢女被主人残忍杀害，尸首被沉入盛开着燕子花的古池之底，于是她化作幽灵在夫人面前现身，申诉其胸中的怨恨

[1] 白甜酒：旧历三月初三女孩节时饮用的甜酒。将糯米或米曲泡入味淋或烧酒当中发酵一个月，形成的醪糟轻轻碾碎制成的酒。

的故事。那个叫阿文的幽灵被人以惊人的表现力刻画得惟妙惟肖，非常恐怖。年幼的小春似乎吓坏了，用手指着插图，畏畏缩缩地问母亲："这是什么？"

"这是一个叫阿文的女鬼。你若不听话，就会有这种可怕的鬼怪从院中的池子里钻出来哦。"

阿道漫不经心地说。虽然没想吓唬小春，但这句话好似狠狠地刺激了小春的神经，只见她如痉挛一般面无血色地紧抓着母亲的膝头不肯放。

当天晚上，小春就如同遇袭一般大叫：

"阿文来了！"

第二天晚上依旧大叫：

"阿文来了！"

阿道对于自己那句轻率的话感到万般后悔，赶紧把草双纸还了回去。小春连续三晚都大叫着阿文的名字，阿道则在后悔与担心之中几夜未能安眠。她开始怀疑，这会不会是住持所说的"祸事"的前兆呢？一想到此，她的眼前好似也出现了阿文的幻影。

最终，阿道下定决心遵循自己深信不疑的住持的告诫，打算离开小幡的府邸。于是，她利用年幼稚气的小春连夜哭号阿文名字这一点，摇身一变成为鬼故事的创造者，以杜撰的鬼怪为口实，企图离开夫家。

“愚蠢！”看着伏在自己眼前哭泣的妻子，小幡吃惊地斥责道。然而，即便是 K 叔也不得不承认，在这肤浅的妇人之计背后，涓涓流淌的是守护幼子的母爱之细泉。于是，经过叔叔从中调解，阿道终于得到了夫君的原谅。

“这等荒唐之事，我不想让内兄[1]松村知道，但又不得不给兄长和他府中的众人一个交代，这可如何是好？”

小幡询问 K 叔。叔叔仔细思索了一番，最后决定从叔叔家的菩提寺里请来僧众，表面上做了一场法事供养真身不明的女鬼阿文。小春经过医师的治疗，已经不再夜啼。最后他们煞有介事地

[1] 内兄：古代对妻子的哥哥的称呼，大舅子。

宣称，由于法事供养的功德之力，阿文的幽灵此后再没出现了。

对此，不明真相的松村彦太郎困惑地感叹这世上当真有说不清道不明的奇异之事，于是平日里也悄悄将这事透露给了两三个平素亲近的人，而我叔父便是其中一个。

事到如今，K 叔仍然惊叹半七的锐利眼力，竟能从草双纸中找出女鬼阿文的真身。至于净圆寺的住持为什么要对阿道预言如此可怕的命运，半七不肯多言，不过大约半年之后，那位住持就因僧犯女戒之罪被寺社奉行绳之以法。听了这个消息，阿道自然是震惊而又后怕。她曾立于危崖之上，万幸被半七所救。

“我刚才也说过，除了小幡夫妇和我之外，没人知道这个秘密。小幡夫妇现在还在世。维新[1]之后，小幡成了官吏，如今已爬到了相当高的地位。所以我今夜和你说的事，千万不要外传。”说完故

[1] 维新：指公元 1868 年开始的明治维新。

事后，K 叔叮嘱道。

故事结束之后，夜雨渐渐转小，院里八角金盘叶片上的喧哗也如沉沉入睡一般没了响动。

当时幼小的我把这件事当作非常有趣的故事牢牢记在了小脑瓜里，后来一琢磨，这样的侦探故事对于半七来说简直是小菜一碟。他经历过许多危险的境遇，也有的是比这更震撼人心的故事。他是隐藏在江户时代的夏洛克·福尔摩斯。

我开始与半七频繁见面已是十年以后，恰逢中日甲午战争接近尾声之时。那时 K 叔已然辞世，半七虽已是七十三岁的老人，精神头却很足，整个人气色好得不可思议。他让自己的养子开店做外贸生意，自己则安闲隐居，乐呵呵地悠然度日。我则借着某个机会与半七老人交好，常常去他在赤坂[1]的闲居之所叨扰。老人非常慷慨，经常为我泡上等的茶叶，给我吃可口的糕点。

在这茶话闲谈之间，我听到了他从前的许多

[1] 赤坂：指旧赤坂区，今位于东京都港区。

事迹。我的一整本记事本里，几乎都记满了他的侦探故事。我想从中拣拾出一些我认为最有意思的故事与各位分享，不问时代的先后——

02
石灯笼

一

有一次，半七老人曾向我详细解释过自己以前的职业。为了方便诸位读者品读江户时代的侦探故事，我在这里也有样学样，略微讲一讲相关背景。

“与力[1]和同心[2]在收到冈引[3]们的报告后须将之上报给町奉行所[4]，奉行所公务房的书吏们就

[1] 与力：日本江户时代幕府差役名称，町奉行的辅佐官，负责江户的行政、司法、警务。

[2] 同心：日本江户时代幕府的下级差役，在与力之下负责庶务、巡逻等事务。下级捕吏。

[3] 冈引：日本江户时代幕府的下级差役，在与力和同心手下负责查案、逮捕犯人等事务。下级捕吏。

[4] 町奉行所：町奉行执行公务的地方，相当于中国古代的县衙。“町奉行”是江户时代的官职名，负责辖内都市区的行政、司法事务，相当于中国古代的县官。

会将其记载在一本类似流水账的簿子上。这本簿子就叫捕物帐。”半七老人解释道，“至于世间对我们的称呼嘛，大家自顾自取了很多名字，比如‘御用闻’‘冈引’‘手先’……‘御用闻’是一种敬称，对方尊敬咱们，又或者咱们为了立威而呵斥对方时会用到。官府方面对我们的正式称呼是‘小者’，可叫‘小者’没什么气势，所以才有‘御用闻’‘目明’之类的叫法，但坊间一般称我们为‘冈引’，也就是捕吏。每个与力一般统领四五个同心，每个同心又差遣两三个冈引，每个冈引底下又有四五个办差的小卒，基本上是这种架构。捕吏稍微吃得开一点，手下能有七八个甚至十来个小卒听其使唤。至于町奉行所给小者——冈引的俸禄，好一点的是每月一分二朱[1]，少的可能只有一分。不管物价再怎么便宜的时代，一个月凭

[1] 日本江户时代的货币单位分金、银、铜钱三种。分、朱是金货单位，使用四进制，即 1 两 =4 分 =16 朱。

一分或一分二朱金子想过活是不可能的[1]，更要命的是你手下还有五六个甚至十来个小卒唯你马首是瞻。没人给这些小卒发薪水，全靠你这个当头儿的帮着照应。也就是说，这一套架构打一开始就是个入不敷出的漏风班底，自然就出现了各种各样的弊端。于是一提到捕吏、小卒之流，老百姓就避之如蛇蝎。不过，大部分捕吏私下都有别的营生，比如以老婆的名义开个澡堂或者小菜馆之类。”

因此，町奉行所公开承认的捕吏只有少数的小者，也就是冈引，而多数小卒顾名思义，不过是在捕吏手下为之跑腿办事罢了。如此，捕吏和小卒自然而然就形成了头子和喽啰的关系，小卒

[1] 江户时代使用的金货分“大判”和“小判”两种，大判一般用于恩赏、送礼，小判用于日常流通。由于江户幕府财政危机，经过频繁改铸，后期金货的价值大不如前，因此一两金子并非如大多数中国人想象中的古代金子那样值钱。经查阅资料，江户时代后期庶民的年收入大约为20~30两金子，在此列出数据供各位读者参考。

吃的是捕吏家的饭。当然，这些小卒中也有正派男人。若没有品行端正的小卒，作为头儿的捕吏也不可能吃得开。

半七并非捕吏之子。父亲半兵卫本是日本桥[1]一家棉布商的通勤掌柜，在他十三岁、妹妹阿斋五岁的时候去世。之后母亲阿民改嫁，含辛茹苦地把两个孩子拉扯大，本想让长子半七继承父亲的衣钵，去原来的店里工作，但生性自由放浪的半七不喜欢那种正经古板的工作。

“我也是个不孝子，年轻时没少让阿娘掉眼泪。”

这就是半七的忏悔。小小年纪就尝到了浪荡滋味的他，最终离家出走，跑到神田町一个叫吉五郎的捕吏手下当小卒。吉五郎虽然酒品不太好，但对手底下的弟兄们还是很照顾的。半七在他手

---

[1] 日本桥：架设在东京都中央区日本桥川之上的桥梁，江户时代为幕府修建的“五街道”起点，因此日本桥区域为江户时代交通、物流要所，商铺林立，附近有金座、银座，因此亦是江户金融、市井文化中心。

下干了一年多后，就遇到了第一个施展拳脚的机会。

“那是天保[1]辛丑年（1841）十二月的一个傍晚。我十九岁。这事我永远忘不了。”

半七老人的扬名故事就此展开。

时值天保十二年十二月初，再过不多时，这一年就要结束了。某个阴天，半七无所事事地在日本桥的大街上晃悠，忽见一个面色苍白的年轻男子从白木屋[2]侧边的横巷里忧心忡忡地快步走了出来。这个男子是巷子里一家叫“菊村”的梳妆铺的掌柜。半七也出生在这一带，因此自小与他认识。

“阿清，上哪儿去？”

听到招呼的清次郎只是沉默着对半七点了点

---

[1] 天保：日本仁孝天皇的年号（1830—1844）。当时江户幕府的将军是德川家齐、德川家庆。

[2] 白木屋：曾位于日本桥区域的江户三大传统服装店之一，东急百货店的前身，可谓日本百货店的先驱。

头。半七发现，这位年轻掌柜的脸色比当天的天色还要阴沉。

“难道染了风寒？脸色不太好啊……”

“不，哪里，没什么大事儿。”

清次郎看似有些迟疑，最终还是靠近半七低声说：

“其实阿菊小姐不见了……”

“阿菊小姐……怎么回事？”

“昨日过午，阿菊小姐带着侍女阿竹去了浅草寺[1]拜谒观音菩萨，中途两人走散，只有阿竹如丢了魂似的回来了。”

“昨日过午……”半七皱起了眉头，“到今天也没见着人影？她阿娘想必很担心吧。难道真没有一点头绪？怪了。”

据清次郎说，菊村铺子里的人昨晚就分头去找，一直找到早上，把能找的地方都仔仔细细找

[1] 浅草寺：现位于东京都台东区浅草二丁目，是东京都内最古老的佛寺。寺内供奉的本尊为观世音菩萨。

了一遍，却什么也没找着。他自己似乎也没怎么睡，眼白布满血丝，但透着疲惫的瞳孔里仍闪着锐利的光芒。

“掌柜的，这可不是开玩笑的。不会是你把她带出去藏起来了吧？”半七拍拍对方的肩头笑着说。

“不，我哪儿有这个胆啊……”清次郎苍白的脸上爬上了些许红晕。

菊村家的女儿与清次郎并非单纯的主仆关系，这一点半七多少已经注意到了。但清次郎是个实诚人，应该干不出怂恿阿菊小姐出奔这等恶劣之事。清次郎有些忐忑地告诉半七，说菊村家有位远房亲戚住在本乡，虽说不一定能有收获，但自己还是打算过去打听打听。他蓬乱的鬓发在腊月的寒风中孤独地颤抖。

“那你姑且过去看看吧。我也帮你留意一下。”

“那就有劳了。”

告别清次郎后，半七立刻去了菊村的铺子。

菊村的铺面宽四间[1]半（约8.2米），侧边有一条通往后门的狭窄小道，其左侧便是格子门入口。屋内进深很大，最里面的八叠房似是屋主的起居室，前面有一方十坪（约33平方米）左右的朝北小院，这一点半七素来知晓。

菊村家的男主人大约五年前离世，如今是女主人阿寅当家。阿菊是亡夫留下的独生女，也是年方二八的美娇娘。店里除了一个叫重藏的大掌柜之外，还有清次郎和藤吉两位年轻掌柜，另有四名伙计在此做工。内宅则住了阿寅母女及侍女阿竹，此外还有两名帮佣在厨房干活，这些半七都记得清清楚楚。

半七见了女主人阿寅，也见了大掌柜重藏和侍女阿竹，他们却都只是哭丧着脸，不停叹气，没能给半七透露一星半点有关阿菊去向的线索。

临走之际，半七把阿竹叫出了格子门外，小声地对她说：

[1] 间：日本尺贯法下的长度单位。1 间≈1.82 米。

“阿竹，你是陪阿菊小姐一起去拜菩萨的，跟这事可脱不了干系。你可要好生盯着这里里外外的响动，有什么线索立刻通知我，记住喽？不准有半点隐瞒。”

年轻的阿竹听罢，立刻吓得面如死灰，身体直打哆嗦。见自己的威吓起了效，半七便先行离开，等第二天早晨再度来访时，正顶着严寒在门前扫地的阿竹立刻跑了过来，仿佛已等候多时。

“听我说，半七大哥，阿菊小姐昨晚回来了。”

“回来啦？那可太好了。”

“可是才一会儿工夫，她就又不知去哪里了。”

“这可是怪事。”

“可不是嘛……自那以后就没再出现过。”

“没人知道她回来过？”

“不。我知道，老板娘应该也见过，可一转眼，她就……”

比起听的人，倒是说话人自己露出了一副不可思议的表情。

二

“昨天傍晚，正好是本石町[1]的撞钟敲暮六刻[2]的时候吧，”阿竹跟见了什么可怖之物一般悄声说道，“格子门这边突然亮了一下，我回头一看，发现阿菊小姐一言不发地从外头走了进来。其他女佣都在厨房里准备晚餐，所以在场的只有我一个。我不禁叫了她一声‘阿菊小姐’，但她没理我，

[1] 本石町：位于现东京都中央区，日本桥北部。江户时代于本石町三丁目设有报时的钟楼，其钟称为“本石町时钟”或“本石町时钟”，为东京都指定文化遗产之一。

[2] 日本江户时代的计时方法是一种以日出、日落为基准的不定时计时法。将日出前约 30 分钟定为“晨六时”，日落后约 30 分钟为“暮六刻”，以此将昼夜各六等分，每一等分称为“一刻”，并搭配以十二地支称呼每一刻，相当于中国的“时辰”。同时，敲钟次数并非从 1 次依次增加到 12 次，而是从 9 次逐渐下降至 4 次，然后在午夜再回到 9 次开始第二次循环。

快步往里头的起居室去了。不一会儿，我隐约听见老板娘说‘咦，阿菊？’，接着就从里头出来问我阿菊在不在。我说不在。老板娘就觉得古怪，说：‘怪了，刚刚她分明往这儿走了。你去找找。’于是我就和老板娘一起把家里找了个遍，可连阿菊小姐的影子都没见着。店里掌柜和伙计们都在，厨房里有女佣，但谁也没见过她。想着她是不是穿过院子出去了，然而栅门在内侧锁得好好的，不像有人进出过的样子。更怪的是，阿菊小姐进来的格子门前还留着她脱下的木屐呢。难道这回她没穿鞋就出去了？首先这一点就搞不懂。”

“阿菊小姐当时是什么打扮？”半七一边思忖，一边问道。

“和前天出门时一样。穿着黄八丈绢织和服[1]，头上戴着紫藤色的头巾……”

[1] 黄八丈绢织和服：八丈岛传承的草木染绸缎和服，以岛上自产的植物煮汁后染成的黄、褐、黑色丝绸，以平纹或斜纹织法织成条纹或格纹图案的和服。

由于白子屋阿熊[1]骑马游街示众时就穿着黄八丈，这种和服在年轻女子中间曾一时绝迹，近段时间又渐渐流行起来，时不时能看见未出阁的姑娘模仿戏里阿驹[2]的装束。半七的脑中浮现出身穿带襟黄八丈、腰束红纹缬花饰腰带的可爱的市井少女模样。

“阿菊小姐出门时戴头巾吧？”

“对，紫藤色、绉绸制的……”

这回答让半七有些失望。接着他又问家里有

---

[1] 白子屋阿熊：日本江户时代享保十一年（1726）发生的一桩有名的杀夫未遂案。江户日本桥新材木町的木材铺“白子屋”的长女阿熊在婢女阿久的牵线下与店里的伙计忠八恋爱，后起意杀死夫君又四郎，数次尝试后未遂，并被官差抓获。经阿熊供述，其母阿常亦参与密谋。最后阿熊、阿久、忠八被判游街示众后斩首，协助作案的婢女阿菊被判死罪，阿常流放孤岛。因阿熊是日本桥区域有名的美女，游街时有大量群众上街观看，据说她当时穿着非常贵重的黄八丈，颈戴水晶念珠，一路轻诵佛经从容赴死。此事件后被改编成人形净琉璃（日本一种附带叙事、弹唱的传统木偶戏）《恋娘昔八丈》。

[2] 阿驹：《恋娘昔八丈》中以阿熊为原型的女主角。

没有丢失什么东西，阿竹说没什么特别的。毕竟时间很短，坐在里侧八叠起居室里的老板娘突然觉得从拉门透进来一道细长的光亮，不经意地回头看了一眼，正巧瞥见身穿黄八丈和服，头戴紫藤色头巾的女儿的身影一闪而过。她惊喜之余不禁叫了她一声，这时拉门又被静静地关上了，女儿也不见了踪影。阿菊的一瞬即逝甚至令人不由得遐想，会不会她已在别处死于非命，只有魂魄迷茫地飘荡回了自己出生的家里。但她确实是打开格子门进屋的，门前也还留着她那双沾了泥的木屐，这切实表明了她是生者。

“前天去浅草时，小姐有没有遇到阿清？”半七问。

“没有。”

“隐瞒可不好，都在你脸上写着呢。小姐和阿清掌柜很早就开始私会，经常去浅草奥山[1]的茶屋

---

[1] 浅草奥山：浅草寺后院一带，江户时这里开设有众多店铺，以及各类歌舞伎演出，是江户有名的繁华街。

之类的地方碰头。我没说错吧？”

阿竹见已瞒不下去，终于说了实话。阿菊和年轻的掌柜清次郎很早就互通情意，时不时会在外面幽会。前天所谓去“参拜观音”，其实是去会情郎。两人在约定地点见面，然后一起去了奥山的某个茶馆。之后，负责牵线的阿竹就离开茶馆，在浅草大寺内游玩了半个多时辰，再度回到茶馆时，两人已不见了。茶馆里的女人说，男子先行一步离开，姑娘待了一会儿后也走了。茶钱是姑娘付的。

“之后我就在附近边走边找，但怎么也找不到阿菊小姐的影子。想着她会不会先回来了，我就赶紧回了家里，可发现她并没有回来。于是我就私下找阿清哥询问，他说他当时先走一步，后来的事情他就不知道了。我不敢把实情告诉老板娘，就禀报说我们是半路走散了，但阿清哥和我从昨天开始就急得不得了。昨夜小姐回来时，我开心得要命，没想到她转眼又消失了……这到底发生了什么，我也糊里糊涂的呀。”

阿竹惊慌失措地低声说，半七则安安静静地听着。

“别急，真相总会大白的。你转告老板娘和掌柜，让他们不要过于担心。今天我就先告辞了。”

半七回到神田，把这件事和头儿说了之后，吉五郎歪起脑袋，说那个掌柜很可疑。但半七并不想怀疑正直的清次郎。

“甭管他多正直，终归是个撺掇老板的女儿私通的浑小子，根本不可能做出什么好事儿来。不信，你明天把他押回来审审。”吉五郎说。

第二天晨四刻（上午十时），半七再次去菊村的店里巡视，没想到铺子前竟围了一大群人。人们一边窃窃私语，一边用好奇与不安的眼神严肃地窥伺着店里的动静，连附近的狗都在人们脚下钻来钻去，煞有介事地转来转去。半七绕到后面打开格子门，发现狭窄的玄关处放满了草履和木屐。很快，阿竹便哭哭啼啼地出来了。

“喂，发生什么事了？”

“老板娘被杀了……”

说罢，阿竹大声哭了起来。这下半七也惊呆了。

“谁杀的？”

阿竹还没来得及回答就又哭了起来。半七对她又是哄又是吓，变着法子打听情况，最后终于问清，是这家的女主人阿寅昨晚遇害了。虽然对外宣称不知凶手是谁，下手的其实是老板娘的女儿阿菊。阿竹说是自己亲眼所见，而且除了阿菊之外，还有女佣阿丰和阿胜也看到了阿菊的身影。

若证言属实，阿菊可就成了杀害母亲的罪人。这事摇身一变，成了一桩非常严重的大案，横亘在半七眼前。本以为这只是店家女儿与家仆的情色事件，寻常得很，没想到迎头撞上这么一件大事，半七有些不知所措。

“越是这种时候，越是得露两手啊。”年轻的他勉力鼓起勇气，打起了精神。

店家女儿在大前天失踪，然后在前天晚上忽然回家，旋即又没了踪影。接着在昨天晚上再次现身，本以为这回应该是真的回家了，没承想她竟杀害母亲逃跑了。这背后一定有错综复杂的内情。

“然后呢？小姐怎么了？”

“我们也不知道呀。”说着，阿竹又哭了起来。

她边哭边说情况。原来和前天一样，昨天入夜时分，阿菊又穿着那身行头回到了家中。这次倒不知道她是从哪儿进的门，只听内屋的老板娘突然喊了一声“咦，阿菊——”，接着就传来了老板娘的惨叫声。阿竹和另外两名女佣吓了一跳，赶忙跑过去，正好瞥见阿菊的背影闪出外廊。她还是穿着黄八丈和服，戴着紫藤色的头巾。

但三人顾不上追赶阿菊，而是要先确认老板娘的情况。只见阿寅左乳房下方被捅伤，正气若游丝地倒在地上。榻榻米上鲜血如泉水一般淌了一地。见此情景，三人顿时呆立，失声尖叫起来。前头铺子里的人听到尖叫声，一齐赶了过来。

“阿菊她……阿菊她……”

阿寅当时似乎虚弱地说了这几个字，但后面的话大家都没听清。在众人惊魂未定之际，阿寅咽了气。町里的差役联名上报衙门后，很快就来了仵作。验尸发现，阿寅的伤口系被匕首状的锐器刺入肉躯所致。

菊村家的所有人都接受了问询，但因害怕失言败坏店铺门面，大家众口一词，皆称不知凶手是谁。然而，差役们注意到店主的女儿阿菊竟然不在场，顺着就暴露了她与清次郎的私情，后者当场就被带回了官衙。至于阿竹，虽然目前还没受到什么处罚，但她觉得自己早晚要被抓去坐牢，整个人只剩恐惧与战栗。

“没想到事情竟会变成这样。”半七不由得叹了口气。

“我会怎么样呢……”阿竹惶恐自己会受多重的牵连，接着如失心疯的女人一般悲泣起来，说，“还不如现在就死了吧……”

“说什么傻话。你可是重要的人证啊。”半七训斥道。

“今天应该有捕吏来了吧，来的是谁？”

“好像是位叫什么源太郎的老爷。”

“唔，是吗？是濑户物町[1]啊。”

源太郎是濑户物町一位资深捕吏，手下也有许多能干的小卒。当下，半七心中燃起了火焰一般强烈的好胜心，很想把他拉下高位，给自己的头儿添一笔功绩，涨涨气势。可是该从哪儿入手呢，半七一下子也没有头绪。

“你家小姐昨晚回来时，也戴了头巾，是吧？”

“是，还是和以前一样戴着紫藤色头巾。”

“刚才你说，小姐趁乱逃向了外廊，之后就没了踪影。我说，能不能打开院子的栅门，让我去院子门口看看？”半七问。

于是阿竹走进屋内跟大掌柜重藏通报，后者眼圈发黑地走了出来。

“这趟真是辛苦您了。请往这边走……”

“真没想到会变成这么大的事。我本想立刻去院子里看看，可见诸位忙乱，我擅自闯入也不是

[1] 濑户物町：江户时代日本桥区域的地名，位于伊势町和室町之间。现为东京都中央区日本桥室町一、二丁目，日本桥本町一、二丁目。

个事，这会儿只好麻烦您了。”

半七被领到里屋，穿过血迹未干的八叠起居室。与他记忆中一样，外廊向北延伸，尽头处有一个十坪大小的小院。小院被打理得整整齐齐，有设置了雪吊的松树、盖上了防霜草席的芭蕉，很有一番冬季氛围。

“当时外廊的护窗板开着吗？”半七问。

“当时所有的护窗板都关着，只有洗手盆前的那一扇会留一条小缝……”领着半七进来的重藏解释道，“当然，那也只是在刚入夜的时候。到就寝时分就会关紧。”

半七默不作声地抬头看向了高耸的松树梢，看来闯入者不可能顺着这棵松树爬进来。墙头削尖防贼的竹篱也没有破损之处。

“好高的墙啊。”

“是的。昨晚官差老爷们查看时试过翻墙，发现很不容易。墙上也没有架过梯子的痕迹，所以凶手不太可能顺着松树爬进墙。因此他们认为，凶手必是从院门溜进来的。可是，且不论凶手从何而来，出去时必然要经过院门，然而院门口的栅门锁得结结实实，锁头稳稳当当垂在院内一侧，所以完全不知道凶手究竟是如何脱身的。”

“是啊。要想在不弄破防贼竹篱，也不依靠松树的情况下翻过这堵高墙，可不容易。”

怎么想都不是一般人家的女儿能做得到的。半七认为，凶手必定是个经验丰富的老手，可赶到凶案现场的那三个女人都言之凿凿地说见到了阿菊的背影。这里面应该是有什么地方出了差错。

为以防万一，他穿上庭院用木屐，将小院仔仔细细地查看了一番，最后发现院子东边的角落里立着一个大大的石灯笼，看起来经历了不少年月，幢顶与基座上无不爬满墨绿色的苔衣，散发出一丝带着湿气的苔藓味，似在讲述这家老字号的悠久历史。

“好一座石灯笼。最近可曾打理过它？”半七看似漫不经心地问道。

“没有，一直没人碰过它。老板娘经常说上面的青苔长得好，嘱咐我们不可擅动……”

“原来如此。”

半七突然发现，这无人敢碰的古旧石灯笼的幢顶上，留着一丝人的足迹。厚厚的青苔表面，浅浅地留着一个小小的脚趾印。

三

留在青苔上的脚趾印很小，若是男性留下的，那必定是个少年，但半七怎么看都像个女人的足迹。看来之前那个“凶手必定经验丰富”的推断多半错了。若凶手是个女人，难不成真的是阿菊干的？就算有石灯笼垫脚，一个生养在町中的黄花闺女也不大可能有自由翻越高墙的能耐。

半七不知又想到了什么，立刻走出了菊村的店门，前往远比现在的浅草公园第六区[1]更乱、更

[1] 浅草公园第六区：位于东京都台东区浅草的娱乐街。这里在明治时代位于浅草寺境内，被作为浅草公园，其后浅草奥山的许多店铺被转移至其中编号第六区的区域，后又入驻大量戏院、影院、剧院等文娱设施，最终发展成为有名的大众娱乐街。

拥挤的两国广小路[1]。

时间已近正午，不管是广场上的剧场、曲艺场还是向两国[2]的棚屋小店，此时全都开始热闹起来了。垂着草席的戏棚子前，布满风尘的招牌在冬日微弱阳光的照射下显得有些苍白，褪了色的旗帜则在寒冷的河风中颤抖不已。茶摊前的柳树瘦如枯骨，透出日益加深的阴郁萧条的冬意。即便如此，还是有大量人流从四面八方向这里涌来。半七在熙熙攘攘的人流中穿梭，最终来到了其中的一家茶摊。

“怎么样，生意还是那么好？”

“哎呀大哥，是您来啦。”皮肤白皙的看茶姑娘立刻过来为半七斟茶。

“阿姊，我也不废话，有件事想跟你打听打听。

---

[1] 两国广小路：设置在两国桥两端的广场，本是用作防火的一块空地，但平时被江户百姓私自占用，在这里搭起临时棚屋开店营业。两国桥是江户时代出于防火、防灾目的在隅田川上架设的、连接武藏国和下总国的大桥。

[2] 向两国：位于两国桥东侧下总国一端的区域。

刚从那家小店里出来的那个女人，叫春风小柳的，她是个杂技戏子吧？她丈夫叫什么？”

“呵呵，她还没成婚呢。”

“她丈夫也好、姘头也好、兄弟也罢，跟着她的那个男人是谁？”

“你是说阿金吧？”看茶的姑娘笑着说。

“对，对。好像是叫金次来着。我记得他家住向两国吧，小柳也一起？”

“呵呵，这咱怎么知道呢？”

“金次还是游手好闲吧？”

“听说以前在一家很大的绸缎庄干活，有一天去给小柳姐送和服绸缎，就和她相熟了……他比小柳姐年轻许多，是个老实巴交的人哦。”

“多谢。能打听到这些就足够啦。”

说着，半七出了茶摊，进了旁边的戏棚。这家棚子是演杂戏的，一个叫春风小柳的女人正在舞台上表演走钢丝、吊钢索等危险戏码。她脸上涂着厚厚的白粉，乍看似戴了雪白的面具。虽然妆容显得她异常年轻，实际上，她应该已近三十了。墨黑的黛眉，晕红的眼周，表演中她流眸顾盼，对看客暗送秋波。众人则似见了什么了不得的东西似的，张大了嘴巴被迷得神魂颠倒。半七看了一会儿表演，随后出了戏棚，走过两国桥，去了向两国。

半七在驹止桥兽肉店附近的巷子里找到了金次家，在格子门外叫了两三声，但没有人回应。没办法，半七只好去向邻居打听。邻居说，金次好像没锁家门就去了附近的澡堂。

“我是特地从山手[1]来访的，既然这样，我就在门口等他回来吧。”

如此，半七跟隔壁的老板娘打好招呼后，便打开格子门进了金次家。他在横框[2]上坐下，拿出挂在腰上的烟管吸起了烟，接着像是突然想到了

[1] 山手：与“下町”相对，本指地势较高的区域。江户时代前期，江户城一带及其西侧地势较高的区域被开发为幕府臣僚的居住地，因此江户时代的山手区域为武士住宅区。

[2] 横框：日式住宅玄关处分隔室外地面和室内地板的一根横木，有时也指横木之外高出地面的阶梯状地板沿。

什么，轻手轻脚地将入口处的纸拉门拉开了一条缝。门内有两间房，一间六叠，一间四叠半，靠近门口的六叠房间里放着一个长方形火盆，另一间四叠半房间里似乎设置了被炉[1]，炉被红色的一角大剌剌地从掩着的拉门缝里漏了出来。

半七探出身子再往里仔细窥伺了一阵，发现四叠半房间的墙壁上好像挂着一件黄八丈女式和服。于是他脱了草履，蹑手蹑脚地爬了进去。进入四叠半房间仔细观察之后，他发现墙上挂的女式和服确实是黄八丈，袖子还是湿的，想必是洗净了血渍后挂在这里晾晒。半七点着头，回到了门口。

这时，门外响起一阵踩着水沟盖板靠近的脚步声，随后有一个男声与隔壁的老板娘打了招呼。

“有人来了？哦，这样啊。”

半七估计是金次回来了，同时格子门哗啦一

[1] 被炉：日本传统取暖用具，矮桌底下设有火炉，矮桌上再铺一块桌被，人将双脚伸入桌被内入座取暖。

下打开，一个与半七差不多大的俊俏男子挂着块湿汗巾走了进来。金次最近学会了赌钱，整天游手好闲，与半七倒也不是完全没打过照面。

“哟，这不是神田的大哥嘛。稀客稀客。来，请进屋吧。”

来客毕竟不是普通人，金次客客气气地招呼半七进屋坐在火盆边。两人寒暄了一阵最近的天气，半七发现，他似乎有些坐立不安。

“金次啊，有件事，我得先跟你道个歉。”

“什么事啊，大哥。说得这么严肃……”

“哎呀，你看，我虽说是为公家办差，但在主人外出时跑进人家里查看也是不好的。这事还请你多担待。”

本在往火盆中加炭的金次闻言立刻变了脸色，什么话都说不出来，手开始颤抖，弄得手上的火钳叮当作响。

“那件黄八丈是小柳的东西？虽说她是个艺人，但那衣服上的花纹也未免太过花哨。不过家里有你这么个年轻当家的，女人也不得不打扮得漂亮一点……哈哈哈哈哈。喂，金次，怎么哑巴啦？你小子也太冷淡了。听我说了那么多，不如表示一下，透露你和小柳的风月情给我听听？喂、喂，好歹说句话嘛。你受年长女人的宠爱，什么都受她照顾，因此只要那女人开口叫你做事，你心里就算不情愿，恐怕也不得不听她的话。这一点我心里清楚，到时自然会尽力帮你求情。怎么样？赶紧把实情说了吧。”

已吓得嘴唇煞白的金次如同被重物压垮一般俯身，双手贴在了榻榻米上。

“大哥，我说，我什么都说！”

“很好，很实诚。那件黄八丈是菊村女儿的吧？说，你在哪里拐的她？”

“不是我拐的。”金次满眼悲伤地抬头看向半七，似在祈求怜悯，“是这样的。大前天快到中午时，我和小柳一起去了浅草游玩。她喝醉了有个习惯，总说什么今天不做生意了。我连哄带骗想带她回家，可她不理。别看她做的行当那么光鲜，可她花钱大手大脚。我最近也不走运，欠了一屁股债。今年年末真是难上加难，她也有些自暴自弃。没办法，我只好一边护着她，一边陪她在奥山逛到下午，接着就看见一个年轻掌柜从一家茶馆里出来。没过多久，一个长相俊俏的姑娘也走了出来。小柳认出那是日本桥菊村家的女儿，就说，这姑娘表面上本本分分的，没想到在这种地方跟自家掌柜幽会，不如就在她身上捞一笔……”

“小柳怎么认识菊村家的女儿？”半七打断金次，问道。

“因为小柳时常去菊村买化妆用的红粉和白粉，毕竟那儿是老字号。然后呢，我就去喊轿子，这期间她不知用了什么手段，把那姑娘带到了马道[1]。轿子有两乘，小柳和那位姑娘坐着先走了，我则跟在后头走回家。一到家，我就发现小姑娘在哭。因为怕哭声被邻居听见，小柳就叫我堵上她的嘴，把她塞进壁橱里去。我见她实在可怜，

[1] 马道：浅草寺前的一条大街，在现东京都台东区花户至浅草三丁目一带。江户时代，前往新吉原的游客要经过此地，因而得名。

怎么也下不去手，可小柳在一旁不停骂我磨磨蹭蹭的没出息，我只好硬着头皮帮她把姑娘塞进里屋的壁橱了。”

“小柳这婆娘，我早就听说她不是个好东西，没想到她竟堪比浅茅原的狠毒老太婆[1]。然后呢？”

“那天晚上，她就叫来了附近的人牙子[2]，谈妥了要在年内把她卖去潮来[3]，作价四十两金子[4]。钱虽然不多，但也没办法，于是第二天就把

---

[1] 浅茅原的狠毒老太婆：日本有名的鬼怪传说之一《浅茅原小屋》里的老太婆。故事梗概为：浅茅原一间小屋里住着一个老太婆和一个年轻姑娘，老太婆以女儿为诱饵吸引过路人投宿，夜晚便用石枕头砸死旅客获取钱财，尸体则丢入附近的池塘中。浅草寺的观音菩萨不忍更多旅人受害，化身独自旅行的年轻男子投宿，夜晚老太婆故技重施时，发现床上的尸骸是自己的女儿，原来是女儿变装成男子救了他。老太婆后悔不已时，男子现出观音真身。最后老太婆投池自尽，一说观音显灵将其变为了龙。

[2] 人牙子：人贩子。

[3] 潮来：指茨城县潮来市。

[4] 前面曾提到过江户后期一般百姓年收入约为20~30两，但受欢迎的歌舞伎年收入可超过500两，故有“钱不多”之说。

姑娘塞进轿子让人牙子带走了。钱要等人牙子卖了人回来之后才能拿到，问题是，进了腊月后，要债的天天跟催命鬼似的找上门。小柳实在是被逼急了，于是又出了个坏主意。她借口人靠衣裳马靠鞍，要先把姑娘打扮一下才能卖个好价钱，然后就扒了姑娘身上的黄八丈，给她换上自己的出客衣。姑娘的和服这才留在了这里。”

“嗯。之后她就穿上那身黄八丈，戴上紫藤色头巾，打扮成那姑娘的样子溜进了菊村家，是吧？果然是为财？”

“是。”金次点点头，“菊村家的钱财都存在一只匣子里，这只匣子放在老板娘的起居室里，这一点她已经事先通过恐吓姑娘，从她口中打听出来了。”

“这么看来，她从一开始就打算这么干了。”

“这我倒不清楚。按小柳的说法，她是迫于无奈，被逼急了才出此下策。然而前天晚上不走运，她只能垂头丧气地回来了。昨天她信誓旦旦说这次一定行，于是又在傍晚时分出了门……最终还是悻悻而归，还说什么‘今晚非但没能得手，那老太婆还大叫起来，气得我直接朝她肚子上捅了一刀’。今天在大哥您面前，我不敢造次，那时我真的吓得直打哆嗦，有一阵子连话都说不出来。看她袖子上沾着血，我就知道她没撒谎。我心想这可摊上大事了，可她一脸镇静地说：‘慌什么，不打紧。有这头巾和衣服当证据，世人肯定只道是女儿杀了老母。’然后她就洗干净血渍，把衣服晾在那边，今天也和往常一样出了门。”

“胆大包天啊。小柳当你的姘妇真是可惜了。”半七苦笑道，“不过，亏你识时务，老老实实把事情全招了。你得了这样一个厉害女人的宠爱，也算是运数已尽。小柳嘛，尸首分家是逃不掉了，至于你呢，虽要看你的供词如何，但脑袋肯定能保住。这你就放心吧。”

“多谢大哥饶命。我没什么骨气，昨晚也是一夜没睡好。刚才一见着大哥的脸，我就知道这下肯定逃不掉了，已经死了心。虽然对不住那女人，对我来说，把一切说出来反而让我松了心中这口气。”

“好了，虽然不情愿，但还是得请你跟我走一趟神田，见见我的头儿吧。不管怎么说，牢狱之灾是免不了了。你就慢慢来，做好准备再和我一道走。”

“多谢大哥。”

“这大白天的，附近也有那么多乡亲，我就不给你捆绳子了。”半七体贴地说。

“多谢大哥。”

金次再次道谢，眼眶里不争气地泛起了泪花。

金次的年纪和自己差不多，半七看着他，顿觉这个即将沦为阶下囚的孱弱男子实在可怜。

四

听了半七的报告后，头子吉五郎就如在金杉的海边抓了条鲸鱼[1]一般备感吃惊。

“都说‘常在外头转，也许交好运’，没想到你在外头溜达了一圈竟然办了一件这么大的事。本想着你还是个刚入行的毛小子，这可真是后生可畏啊！很好，很好，不管怎么说，你干得漂亮。我也不是会抢功的人，你的功劳，我一定如实禀报给各位老爷，你就放心吧。话说回来，得尽快把那个叫小柳的女人抓回来。她虽是个女人，身手可不赖。不知她会做出什么事，以防万一，你们几个谁有空，去帮半七一把。”

[1] 金杉：今东京都台东区下谷地区金杉。这里是旧时的江户湾，通常只能捕些小鱼。

于是，冬天短暂的日头快要下山时，两个老练的小卒跟着半七回到了向两国。此时杂戏棚正准备关门。半七让两名同僚在外头等候，自己走进棚子后台，发现小柳正在换衣服。

“我奉神田的吉五郎之命而来。我们头儿找你有事，能否劳驾你跟我走一趟？”半七漫不经心地说。

小柳的脸色顿时一暗，出乎意料地十分冷静，有些寂寥地笑了笑。

“你们头儿找我……不太想去啊。他找我什么事呢？”

“可能是你的名声太好，引起了头儿的兴趣吧。”

“哎呀，可别开玩笑啦，到底是什么事儿？您肯定知道些内情。”

小柳柔软的身体靠在藤条衣箱上，一双眼睛如蛇一般窥探着半七的脸。

“不，我只是个跑腿的，当真什么都不知道。总之不会耽误你多少工夫的，你就别为难我了，老老实实跟我走一趟吧。”

“我当然会跟您走……公役办差，我怎敢不配合。”小柳拿出烟盒，默默地抽了一管烟。

隔壁的木偶戏戏棚里传来了今日散场的太鼓声，棚子里的其他戏子似也感受到了焦灼的气氛，躲在远处凝神倾听两人的对话。后台狭小的空间里，光线渐渐暗了下来。

“日头落得急，头儿的脾气也急。你要是再磨磨蹭蹭的，连我都要挨骂喽。能请你早点动身吗？”

半七似有些急躁地催促道。

“好好好。我这就跟您走。”

小柳终于走出后台，却看见门口的阴影里还站着两个人，她颇有些懊恼地瞪了半七一眼。

“啵，好冷啊。日头一落，天突然就冷了。”她把手揣进了袖子。

“那就快点走！”

“虽然不知几位大哥找我何事，但到时若不肯放我回来，我可就难办了。可否容我先回家一趟，再跟各位走？”

“就算回家了，金次也不在哦？”半七冷言冷语地说。

小柳闭上双眼站在原地不动了。过了一会儿，她终于睁开眼睛，长长的睫毛上似乎挂着白色的泪珠。

“是吗，阿金不在……可我好歹是个女人，还是要做些准备才能跟你们走。”

于是，小柳在三人的包围下走上两国桥。她不时地双肩颤抖，低声啜泣，仿佛此愁无处可消解。

“你就那么喜欢金次？”

“是。”

“他不适合你这样的女人。”

“请您谅解。”

一行人走在长长的拱桥上，接近桥顶时，岸边人家闪烁起昏黄的灯光。江面上升腾起深灰色的烟雾，远处下游泛起粼粼波光，惨白又寒冷。就连守桥人值守的小屋里都亮起了微弱的烛光。

一群大雁啼叫着掠过御船藏[1]上空，仿佛在预告众人今夜将要降霜。

“若我真做了什么坏事，阿金会怎么样？”

“那就要看他的口供了。”

小柳沉默地擦了擦眼角，接着突然大叫起来。

“阿金，原谅我吧！”

说着，她用力撞开身旁的半七，身轻如燕转身就往回跑。不愧是杂技戏子，速度之快有如闪电。眼见她的手刚撑上栏杆，下一刻身体已倒悬扎入水底。

“浑蛋！”半七咬牙切齿地吼道。

守桥人听见水声也跑了出来，一行人立刻以公务之名让附近的船老大出船搜索，可小柳的身影再未浮出水面。第二天，有人发现在河对岸防波用的桩子上，漂浮缠绕着一缕缕女人的头发，黑黢黢的，如从前浅草的紫菜一般。掬起一看，这头发的主人正是小柳。随后，她冻僵的尸体在

[1] 御船藏：存放幕府舰船的船坞。

披着晨霜的河岸上接受了仵作的查验。这名女杂技师终归是踩空了生命之绳。此事后来在江户中传开，半七也就出了名。

至于阿菊，菊村知情后立刻遣了人去潮来，平安救回了当时正在见雇主的她。

“现在回想起来，那个时候就像在做梦。清次郎前脚走后，我心里有些空落落的，所以没等阿竹回来，一个人漫不经心地出了茶馆，看见以前认识的杂技师小柳就站在一棵大树下。她说阿清哥刚才在那边突然发病倒下，要我赶紧随她走。我吓了一跳，立刻和她一道去了。她说已用轿子把阿清送去了大夫家中，接着强行把我推进轿子，要我坐轿跟着她，最后把我带到了一处昏暗的陌生屋子里。这时，小柳的神情突然就变了。她和一个陌生的年轻男人一起让我吃了很多苦头，接着又把我带去了很远的地方。我就像丢了魂一样呆呆木木，不知道要去哪儿，也不晓得要干什么，没了判断力。”回到江户后的阿菊这样对办案的差役说。

掌柜清次郎只受了“训诫”的处罚就被放了。

小柳虽因畏罪自杀而免于受刑，但她死后，首级还是被挂在了小冢原[1]示众。金次虽与小柳同罪，但受到了特别的宽恕，改为流放远岛，这桩杀人案至此就算尘埃落定。

“这就是我的成名之战。”半七老人说，“那之后过了三四年，头儿吉五郎染上霍乱去世。临死前，把女儿阿仙和财产、公职一并托付给了我，留下遗言希望我能继承他的衣钵。如此，我也就接管了他手下的小卒，成了第二代头目。从那时候起，我便成为一名能够独当一面的捕吏。

“嗯？你问我那时为什么会盯上小柳？其实刚才也提到了，就是因为石灯笼上的足迹。苔藓上的脚趾印怎么看都应该是女人留下的，可大多数女人无法轻易翻越那堵高墙，必须得是个身手轻

[1] 小冢原：日本古代刑场所在地，位于现东京都荒川区南千住。江户时代位于浅草山谷町北部，犯人在“泪桥”与亲友告别后，过桥奔赴刑场。

巧的人才能做到。这么一琢磨，我突然就想到了杂技师这个职业。女性杂技师就算在江户城里也没几个，其中就有一个在向两国的戏棚进出。这个春风小柳平时的风评就不太好，倾囊包养比自己小很多的年轻男人的事我也早有耳闻，所以就觉得，凶手大概就是她了。如此顺着这条线查下去，意外地没费多少事就查清楚了。金次这个家伙，当时被流放到了伊豆[1]的孤岛上，我听说他后来好像遇上了什么大赦，平安回来了。

“至于菊村的铺子，掌柜清次郎成了那家的女婿，和以前一样做着生意。不管铺子的资历多老，招牌上一旦有了污点，那就怎么也洗不掉喽。打那之后，铺子的生意渐渐做不下去了，到了江户末年就举家搬去了芝[2]，也不知道现在怎么样了。

[1] 伊豆：伊豆国，又称豆州，日本古代令制国之一，属东海道。其领域大致包含如今静冈县东部的伊豆半岛和东京都所属的伊豆诸岛。

[2] 芝：江户时代的地域名，大致相当于今东京都港区东部的一半区域。

“虽然小柳横竖逃不了死罪，但对于让她跳了江这件事，我还是耿耿于怀。是我大意了。没抓到人之前心里很警惕，一旦拿到人，精神就不可避免地会松懈下来，这是人之常情，所以时不时也会碰上因为大意而让犯人挣脱绳子跑了的事。

“嗯？你问我还有没有其他有趣的故事？自己的立功故事，我肚子里当然有很多。哈哈哈哈。欢迎你下次再来玩。”

“我一定会再来听您讲故事的。”

我与半七老人许下这个约定后，就告辞离开了。

03
勘平之死

一

拜访过历史小说大师 T 先生在赤坂的宅邸，并向他请教了诸多江户时代的旧事之后，我又生出起了拜访半七老人的念头。走出 T 先生家时已是下午三时许。赤坂大道上，建筑工人们正为家家户户门前摆上门松[1]。七八个男女推推搡搡地挤在糖品店前。年末大促销的海报和广告牌、红灯笼和紫旗帜、混杂的乐队演奏声、尖细的留声机的回响……如此的色彩与音乐融为一体，酝酿出了首都繁忙的年末光景。

[1] 门松：日本正月期间立于家门口，由松与竹制作的新年装饰。旧时日本人认为神灵居住在树木上，故而将门松作为依附媒介，迎年神回家。又因有“青松象征千岁，翠竹代表万代”之说，故向松、竹祈愿神灵永住家中，庇佑家族。

"再有几天就过年了。"

如此一想，便觉自己这样的闲人，走在路上可能会挡了别人忙碌筹备年货的道，着实过意不去。我改变主意，打算直接回家，于是信步走向电车站，谁知竟在大马路上偶遇半七老人。

"最近如何？许久不见啦。"

老人如往常一般笑得精神矍铄。

"其实我本打算现去拜访您，转念又想年节将至，太过叨扰……"

"哪里。我就是个退休闲居的老头子，哪管什么盂兰盆、年节、正月的。如果你眼下无事，就上我家坐坐吧。"

所谓恭敬不如从命，我毫不客气地跟在老人身后，老人先一步拉开格子门喊道：

"阿嬷，来客人啦。"

接着，我照例被引入平时的六叠间，又如往常一样被招待了好茶，也有美味的点心。一老一少远离繁忙的年节社会，仿佛住在没有时钟的国度，闲适自在地侃侃而谈至日暮时分。

“往昔大约也是在这时节吧，京桥的和泉屋会演票戏[1]……”老人回忆道。

“什么？票戏怎么了？”

“当时掀起了一阵骚动，也弄得我很头疼。我记得那是安政五年[2]十二月，以岁末时节来说，当晚还算暖和。所谓和泉屋是一家大铁器铺，位于具足町[3]。那一家子都是戏痴，最终惹出了一阵大骚动。嗯？你让我说说那事？那我就再说一则自己往日的功勋吧，你且听着。”

安政五年的岁暮，难得连续暖和了四五天。半七用完早食，想着眼下到了年末，该去八丁堀的同心老爷那里走动走动。此时，妹妹阿粂急匆匆地从厨房后门进来了。阿粂与母亲阿民一起住在神田明神下，是教授常磐津节的师傅。

---

[1] 票戏：不以演戏为职业的戏曲爱好者在业余时间参与演出实践，谓之票戏。

[2] 安政五年为戊午年，即公元 1858 年。

[3] 具足町：京桥具足町，位于现东京都中央区京桥三丁目。

“阿嫂，早安。阿兄起身了吗？”

半七的妻子阿仙正与女佣一起在厨房忙活，闻言粲然一笑，转头对阿斋说：

“呀，是阿斋呀，快进来。这么早赶过来，可是有事？”

“有件事想找阿兄帮帮忙……”说着，阿斋扭头叫道，“快进来吧。”

原来阿斋背后还跟着一名垂头丧气的女子。女子三十七八岁，虽已到中年，但面容姣好。阿仙一看便知她是阿斋的同行。

“这位大姐，里面请。”

女子解下束袖细带，行礼致意，接着畏畏缩缩地跟进屋，客气地寒暄了一番。

“这位是夫人吧？我是下谷的文字清，常受这位常磐津师傅的照拂。”

“言重了。阿斋年纪还小，恐怕给您添了不少麻烦。”

这时，方才进了里间的阿斋又走了出来。那个叫文字清的女子被她引着，绷着一张苍白的脸来到了半七面前。文字清额角贴着止痛膏，双眼微红。

“阿兄，我单刀直入地说，这位文字清师傅说有事想恳请你帮忙。”

阿斋似有深意地介绍了这名面色苍白的女子。

“哦，是吗？”半七转眼看向女子，“这位大姐，不知您有何事？虽不知我能否帮上忙，但还请您说来听听。”

“冒昧来访请您见谅，我也是实在不知所措，这才请这位平素交好的常磐津师傅帮忙，唐突来访……”文字清双手交叠点地，见礼道，“您应当已经听说了，十九日晚间具足町的和泉屋上演了岁暮票戏。”

“对，对。还闹出了件不得了的大事呢。”

半七已听说了和泉屋事件。和泉屋一家子都是戏痴，每年的年节会照惯例叫上左邻右舍，以及平日里往来的人家，上演辞旧迎新的岁末票戏。今年的票戏也于十九日傍晚拉开了序幕。此番排场颇为宏大，和泉屋打通三四间里屋，在正面打造了宽达三间房的舞台，用的戏服与道具也甚是精致上乘。戏子由家中人和街坊邻居充任，唱旁白的太夫和两侧的锣鼓伴奏也都找的业余唱奏者。

此次唱的戏是《忠臣藏》[1]的第三、四、五、六、九段，共五幕，由和泉屋的嗣子角太郎扮演早野勘平[2]。角太郎今年十九岁，身材颀长。附近的年轻姑娘们平素就夸他容貌俊俏似优伶。观客们也都认为角太郎少爷是扮演勘平的最佳人选，对此极为期待。

这场戏从第三段开始，盐冶判官在将军府内与高师直发生口角，以至挥刀追砍高师直，到第五段为止，勘平在山崎街道误以为自己杀害了岳丈，三幕戏剧都圆满落幕。至第六段开演时已是

[1] 即歌舞伎剧《假名手本忠臣藏》，以元禄赤穗事件为题材，讲述四十七位义士为主家复仇后集体投案自首，自判身死的悲剧故事。该作与《菅原传授手习鉴》《义经千本樱》并称义太夫净琉璃三大杰作。

[2] 早野勘平：歌舞伎剧《假名手本忠臣藏》里的登场人物，原型为赤穗义士萱野三平重实。阿轻之夫，以为自己误杀了岳父而切腹自尽。

冬夜五刻（晚上八时）有余。其实此前第五幕开场之时，现场逐渐拥入众多姗姗来迟的观客，说是想要一睹少爷饰演勘平的风采，其中不免有些溜须拍马之人。观客席人满为患，几乎没有空间放置烛台和火盆。空气中凝滞着呛鼻的女人脂粉味，更有从烟斗冒出的青烟打着转儿弥散开来。男男女女的笑声溢至屋外，热闹得让为年节奔忙的行人也不由得驻足。

然而，这种欢乐的喧闹一转而成了骇人的悲剧：角太郎扮演的勘平举刀切腹。鲜红的血液将他的衣裳染得通红，但这并非事先备好的红浆。众人本还惊叹他那痛苦的表情着实逼真，却见他未能说完台词便直直倒在了舞台上，顿时哗然骚动。勘平的佩刀本是贴了锡箔的舞台道具，怎料刀鞘之内竟是真刀。角太郎的切腹并非演戏，已然入戏的他挥刀用力一刺，刀尖便深深没入他的小腹。痛苦万分的戏子被抬到后台，戏自然也演不下去了。今年的岁末宴会便在这震惊与恐惧的气氛中溃散了。

角太郎未及卸妆便接受了大夫的诊治，本已被脂粉化得雪白的脸当下越发苍白。血流如注的伤口立刻被缝针，结果却不如人意。角太郎苦苦熬了两天两夜后，终究还是在二十一日夜里挣扎着去了。他的遗体于二十三日午后出殡。

今日便是葬仪之后的第二天。

可文字清与和泉屋之间究竟有何关联？半七摸不着头脑。

“关于此事，文字清师傅也非常不甘心。”阿斋插话道。

文字清脸色苍白，一直流着泪。

“头儿，请您帮我报仇。”

“报仇……谁的仇？”

“我儿子的仇……”

半七一头雾水地盯着对方的脸。文字清含泪的双眼变得锐利，如同瞪视一般抬头望着半七。她的双唇如得了癫痫，怪异地颤抖着。

“这位师傅，和泉屋的少爷……是你的儿子？”半七奇怪地问道。

“是的。”

“哦，这我倒没听说过。少爷不是如今的夫人生的？”

“角太郎是我的儿子。光听这些您或许摸不着头脑，此事正好发生在二十年前。当年我住在仲桥一带，也是做常磐津师傅。和泉屋的老爷时常光临，我便自然而然受了他的照拂。翌年，我生下一个男孩，便是此次身亡的角太郎……”

“这么说，那男孩被和泉屋带走抚养了？”

“正是如此。和泉屋夫人听闻我产下一子，便说正好自己没有子嗣，想接走我儿养在膝下……我虽不愿送走儿子，可若养在和泉屋，他便能成为大商家的嗣子，能够出人头地。故而，我一生下他便将他交给了和泉屋。同时，他们说若让世人知晓他有我这样一个母亲，不仅有损声名，亦对我儿不利。因而，我收下一大笔安置金，答应从此与我儿一刀两断。此后，我移居下谷，依旧做着教授常磐津节的营生。然而到底母子连心，我未曾有一日忘记我儿。听闻我儿日渐长大，已然成为风度翩翩的商家少爷，我也暗自窃喜，谁料此番竟遭如此飞来横祸……我已几近癫狂了……”

文字清匍匐在草垫上，号啕大哭。

二

“原来还有这种内情。我着实半点不知晓。”半七砰地敲了一下递到半途的烟管，“不过，少爷过世乃意外之祸，不能埋怨旁人……莫非这里头也有蹊跷？”

“是。我知道，一定是夫人杀了他！”

“夫人……你莫激动，说说自己的理由。若夫人当真如此怨恨少爷，当初又何苦领养他？”

文字清抬起布满泪水的脸庞，凄然一笑，似在嘲笑提问者的无知。

“和泉屋收养角太郎的第五年，如今的夫人生了个女儿，名叫阿照，今年已十五了。头儿，您认为在夫人眼里，她是该疼爱角太郎，还是疼爱自己的亲生女？是想让角太郎继承家业，还是想让阿照继承？虽说她平素对角太郎好声好气，可知人知面不知心哪。她总能想出法子除掉挡道的角太郎吧？加之角太郎是老爷的私生子，夫人心底多少总有些女人的嫉妒心吧？如此诸番思量之下，夫人定是趁后台忙乱之际，亲自或指使他人将道具刀调包成了真刀。我如此怀疑也不无道理吧？难道真是我胡乱猜疑？头儿，您认为呢？”

半七先前全然不知和泉屋少爷竟还有如此秘密。确如文字清所说，角太郎是夫人过继的子嗣，又是老爷的私生子，那么不论夫人面上如何大度地收养了角太郎，却也难保她心底没有结下芥蒂。加之夫人后来有了自己的孩子，作为一个女人，她不想将家业让给角太郎亦是人之常情。若此想法愈演愈烈，她也未必不会采取眼下这般非常手段。半七至今办过各种各样的罪案，深知人性的恐怖之处。

文字清眼下自是已一厢情愿地将和泉屋夫人视作了杀子仇人。

“头儿，请您谅解。我心中愤恨，心中愤恨

哪……甚至想手持菜刀冲入和泉屋，将那畜生碎尸万段……”

女人神色激昂，几近发狂。此时若不慎说出什么挑拨的话，她或许会化身狂犬胡乱攀咬。半七不曾反驳，只是默然吸着烟，最终平静地开口道：

“我明白了。好，我尽力为你查探。以防万一，我得叮嘱你一句，此事暂且不要告知旁人……”

“总不能说角太郎已是夫人之子，夫人害他便没罪责了吧？公衙定会还我公道吧？”文字清一再确认道。

“这是自然。你且将此事交给我吧。”

劝走文字清后，半七立即准备外出。阿斋还未离开，此刻正与大嫂阿仙闲话家常。

“阿兄，有劳你啦。那和泉屋夫人当真如此狠毒？”半七临出门时，阿斋自背后低声问道。

“不知。总之先查查吧。”

半七径直前往京桥。捕吏也不可无凭无据地闯入和泉屋盘问，故而他没有走进铁器铺，而是去了町内架子工头[1]的家。不巧，工头不在，半七与工头的媳妇寒暄了几句便离开了。

“接下来该去哪儿？”

半七站在街头思忖之际，忽觉背后有人追了过来。来者是名五十多岁的男子，瞧那穿着打扮应当是个商人，一看便知家境不错。男子来到半七身边，恭敬见礼道：

“冒犯了，敢问可是神田的捕吏头儿？我叫十右卫门，在芝的露月町经营铁器铺大和屋。方才我拜访架子工头家商议事宜，不巧工头外出，我与他家夫人闲谈之时，正好碰上您来……听夫人说，您是神田的头儿。我思忖机不可失，便立刻追过来了。敢问可否请您借一步说话？”

“好。请吧。”

在十右卫门的邀请下，半七进了附近一家鳗

[1] 架子工头：日文中称“鸢职”。本为负责搭建、移动、拆解房屋骨架，搭建脚手架等专事高处作业的建筑工人。在江户时代，此类熟悉土木架构的工人亦是火灾时参与灭火的主力，故而在日语中，“鸢”也有消防人员的意思。

鱼饭馆。春日般的暖阳洒在整洁小铺二楼朝南的外廊上。廊上摆着一排梅花盆栽，梅枝的影子投射在格子窗上，有如一幅水墨画。等待上菜期间，二人面对面坐着，开始相互敬酒。

“头儿，您是干这一行的，想必已对这一切有所耳闻。那和泉屋的少爷此番遭了大难……不瞒您说，我正是和泉屋主母的兄长。关于此次事件，人死不能复生，多说无益，只是外头的风闻名声……人言实在可畏，舍妹亦不胜担忧啊……”

十右卫门苦闷地说。对于角太郎的离奇死亡，不仅其生母文字清怀疑和泉屋夫人，素日与和泉屋来往、隐约知晓内情之人亦对夫人有所猜疑。十右卫门苦于此事，故而今日才去与町中架子工头商量对策。

“我想请您暗中调查道具刀调包一事……万一坊间真起了无凭无据的流言，届时舍妹未免太过可怜。您或许觉得，我为人兄长难免维护妹妹，可舍妹当真是个老实本分的女人，一直将角太郎视作亲生儿子，尽力抚养……若世人只当她亦如那些蛇蝎养母一般心肠歹毒，未免太令人寒心……如今葬礼已于昨日办讫，我想请您相助，查明事件原委。若此事不能水落石出，舍妹遭了众人怀疑指责，她素来谨小慎微，此番恐怕会因忧虑而发狂。我实在不忍……”说完，十右卫门掏出手纸擤了擤鼻子。

文字清已快发狂，而他说和泉屋夫人也已在发狂边缘。文字清所说是否属实？十右卫门所述是否有掺假？半七委实难下定论。

“那天晚上，您也去看戏了吧？”半七搁下酒杯问道。

“是。我也去了。”

“后台有很多人吧？”

“后台逼仄，一间八叠房内有十余人，另一间四叠半房内则有两人。要上戏的优伶只有这些，另外还有诸多帮衬之人，加之房内满是戏服假发之类，后台拥挤得几乎无处下脚。不过众人皆是平民，屋内应当不可能放有大小佩刀。当初分发各种道具时，角太郎也逐一检查过，绝没有出错……应当是临近上台之时拿错了刀，或是被人调了包。然而此事究竟是何人所为，当真没有任何头绪，委实头疼。”

“原来如此。”

半七几乎没有碰酒，一直保持着双手抱胸的姿势。十右卫门也默然垂首紧盯着自己的膝头。四周仅有一只苍蝇在隔扇门上忙碌起落的微微响声。

“少爷当时在八叠房内，还是在四叠半房内？”

“在四叠半房内，与庄八、长次郎、和吉等三个铺中伙计一道。听说庄八负责帮忙穿戴戏服，长次郎负责端茶送水。和吉是要上台的，扮的是千崎弥五郎[1]。”

“恕我失礼，少爷除了演戏之外，可还有别的

[1] 千崎弥五郎：《假名手本忠臣藏》中人物，盐冶判官高定家家臣，在盐冶家灭亡后成为浪人。他在山崎街道遇见后来已成猎人的早野勘平，告知其复仇计划；又在早野勘平死后，将其列入为主公报仇的义士盟约中。之后他在祇园一力茶屋看不惯寻欢作乐的大星由良助，两人险些大打出手。其原型推断为赤穗四十七义士中的神崎与五郎。

嗜好？”半七问。

十右卫门回答，少爷不爱围棋、将棋[1]之类，也不曾听说有女色艳闻。

“婚事也还未有风声？”

“婚事私下里已商定了。”十右卫门似乎有些难以启齿，“事已至此，我便都与您说了吧。其实少爷占有了一名叫阿冬的婢女……这婢女相貌姣好，性情也不错，故而两家本已私下商量好，趁风声还未外漏时先找个门当户对的人家收养阿冬，再宣布定亲。谁知竟出了这样的事。只能说两家都运道不济。”

半七将注意力集中到了这桩恋闻上。

“那阿冬如今几岁，是哪里人？”

“今年十七，品川人。”

“可否让我见见她？”

“她年纪轻，角太郎又遇上了这等意外之事，

[1] 将棋：日本版的象棋。棋盘为十横线十竖线相交组成的方格阵，棋子放置在方格之内，即棋盘有九行九列。棋子呈钟形，前端较尖，以此区别棋子归属。

故而她眼下好似整个失了神，迷迷糊糊的，恐怕无法正常见客。若您想见，我随时可以安排。”

“我想尽快见她，若您方便，可否立刻带我前去？”

“自然。”

两人商定用过饭食后立刻前往和泉屋。十右卫门迫不及待拍掌唤人，做好的鳗鱼终于端了上来。

三

十右卫门匆匆用饭，半七却鲜少落筷，转而吩咐侍女再拿一盅热酒来。

“头儿酒量不错？”十右卫门问。

“不。我是俗人，不太能饮酒。不过今天还是饮一些吧，面上不沾点红就提不起劲头嘛。”半七咧嘴笑道。

十右卫门一脸古怪地不再多言。

半七自斟自饮侍女拿来的酒，最终全部饮尽。青天白日，朝南的包间在日照下十分暖和。半七坐在里头喝多了酒，脸与四肢红得就像年市里卖的饰品龙虾。

“如何？我这双颊可红？”半七摸着自己滚烫的脸说。

“颜色正相宜。”十右卫门无奈地笑了。

他似乎觉得带一个喝得烂醉的男子前去和泉屋有些不妥，可如今已无法推托，只好付了饭钱，带着半七出了饭馆。半七脚下有些虚浮，险些撞上迎面提着鲑鱼的小伙计。

“头儿，您还好吧？”

半七由十右卫门搀着手，跌跌撞撞地往前走。十右卫门万般后悔，自己竟找了个如此不着调的人商量大事。

“老爷，还请您带我悄悄从后门进去。”半七说。

让半七走后门似乎不妥，十右卫门正迟疑着，谁知半七已自顾自进了铺子旁的小巷，大步往后门走去，看那步伐似乎并未醉得厉害。十右卫门连忙跟了上去。

“请立刻带我去见阿冬姑娘。”

半七进了后门，穿过宽敞的厨房觑了一眼婢女住的下房。只见房里有三个脸色红润的婢女，却没见着貌似阿冬的姑娘。

“阿冬呢？”十右卫门将格子门拉开一条细缝

问道。闻言，三张红彤彤的脸不约而同地转过来，答道阿冬昨晚身子难受，夫人吩咐将她安置到四叠半独间里躺着去了。那四叠半独间便是出事那晚角太郎装扮、歇息的后台房间。

半七通过外廊前往内宅，只见狭窄的小院内有大片的南天竹簇生着红色的小果。两人在隔扇门前站定，十右卫门率先出声招呼，紧接着门便从内侧被人拉开。开门的是原本陪坐在阿冬枕边的一名年轻男子。阿冬则横躺着，衾被拉得老高，几乎盖住了鬓发。年轻男子身材矮小，肤色黝黑，窄额浓眉。

他与十右卫门见过礼，便快步走了出去。十右卫门介绍说，那就是先前说的扮演千崎弥五郎的和吉。

阿冬掀开被褥起身，她的脸色比半七今早见过的文字清更为苍白憔悴。她如同一具行尸走肉，不论问什么都答得不得要领，只是潸然泪下，似是不敢回想那个恐怖夜晚的噩梦。这两三日阳光明媚好似春日，不知哪家笼养的黄莺鸣啭啁啾，反倒带来些寂寥的气息。

阿冬胸中熊熊燃烧的恋火也许已化作一团灰烬，半句不欲言及往日那段欢愉的情谊。诚然，她的遭遇着实凄惨。她对自己当下的境况，虽答得不甚翔实，但还是能断断续续地回答半七的提问。她说老爷与夫人怜悯自己，对自己极为体贴。又说铺上的人里属和吉对自己最为亲切，今早已寻着空当来看自己两次了。

“这么说，他方才也是来看你的。你们说了些什么？”半七问。

“我对他说，如今少爷成了那样，我已不堪再待在这里，打算请辞离去。和吉大哥听了拼命劝我，让我不要这么说，好歹先撑到明年的换雇季节再说。”

半七点点头。

“多谢你。此番惊扰了你休息，实在抱歉。还请你保重身体。大和屋老爷，接下来可否带我去见见铺上的伙计？”

“是，是。”

十右卫门先一步领路前往铺子。半七也踉踉跄跄地跟上去。先前喝酒的后劲渐渐翻了上来，他脸颊越发烫了。

“老爷，铺上的人是否都在这儿了？”半七在账房环顾铺面道。年纪四十有余的大掌柜端坐账房，身旁有两位年轻掌柜正打着算盘。此外还有和吉与另一个中年男人。四五个小伙计正在店头卸下铁钉箱。

“对。正好大伙都在。”十右卫门坐在账房的火盆前说道。

半七“咚”的一声在店铺中央盘腿坐下，继续毫不遮掩地盯着掌柜和小伙计们看。

“我说，大和屋老爷，都说具足町内家喻户晓者，唯清正公[1]与和泉屋。恕我直言，全江户无人

---

[1] 清正公：加藤清正。安土桃山时代至江户时代初期武将、大名，肥后熊本藩的初代藩主，殁后神格化，建祠供奉，尊称清正公。其中以东京都港区芝林觉寺的白金清正公与京桥具足町（今中央区京桥三丁目）的清正公最为有名，后者已毁于战火。

不知、无人不晓的大商家，对下人却极其疏于管教。我所言不差吧？毕竟你们如此珍惜地养着胆大弑主的混账东西，不仅给饭吃，竟还支付薪金。”

铺上的人闻言面面相觑。十右卫门也有些慌了。

“喂，头儿。您小点声……这儿离大街近。”

“他们听了又如何？横竖这里的某人届时是要被拉去游街示众的。”半七冷笑道，“喂，你们都听着！你们都是些不忠不义的东西。同僚当中有人弑主，你们却置若罔闻，继续若无其事地各做各事，哪有这样的道理？呿，少扯谎。我可是一清二楚。在座的人里确实有个要受磔刑的狗奴才。那厮护着个女人，为了她一人竟胆敢弑主！这铺上就是因为养了这种白眼狼才会惹出那种祸事。看来这儿的主人也是个十足的睁眼瞎！年节我去杀个五六只寒鸦过来，你们拿去焙黑入药给你们家主子吃了治治眼吧！我说，大和屋老爷，您的眼珠似也蒙了雾啊。去仓房拿碱水洗个两三遍再来如何？”

对方是公差，且还醉了酒，众人不敢还嘴，无可奈何之下只能一声不吭地听着。结果半七越发嚣张，大声喊道：

“不过这于我而言倒是好事。若在这里抓了弑主凶犯，也算给八丁堀的老爷们备了份好年礼。你们！一个个的，都厚颜无耻佯装无辜。哪只耗子是黑的，哪只是白的，我可都一清二楚！当我和你们的主子一样眼瞎？那可就打错算盘喽！到时我反拧着你们的手扭送官衙，你们可别怨我！既然演了这么一出梅川忠兵卫[1]的戏码，到时可别嘀嘀咕咕地怨恨抓捕你们的捕吏！这话既非虚言，也非戏言，你们可都想清楚！”

十右卫门终于听不下去，提心吊胆地凑到半七身旁：

“头儿，看来您醉得厉害，不如先去后面歇息

---

[1] 梅川忠兵卫：近松门左卫门所著净琉璃歌舞伎剧《冥途飞脚》的两位主角，讲述信使忠兵卫与妓女梅川相爱，为给梅川赎身而打开某位武士的三百两金币封条，两人私奔但中途被捕认罪的悲剧故事。

片刻吧。如此在铺面上大声喧哗，实在惊扰乡亲。喂，和吉，你领头儿去里面……”

“是。”和吉战战兢兢欲牵半七的手，却被半七劈脸狠揍了一巴掌。

“放肆，你做什么？我岂用你们这些要上磔刑柱的混账照顾？哟、哟，作何瞪着我的脸？我说你们是弑主凶犯，要上磔刑柱！我说错了吗？你们不也知道？处磔刑者要先骑无鞍马绕着全江户游街，接着被绑上铃森或小冢原的高大刑柱。两位行刑人一左一右，手持长枪，哇哇叫着将长枪送至凶犯眼前，让凶犯看个仔细。那叫‘见知刑枪[1]’，你们可记好了。‘见知刑枪’之后，接着便开始对着凶犯左右腋下反复猛刺。”

十右卫门皱起眉头，似是无法忍受这残酷刑罚的说明。和吉亦是满脸煞白。其他人也噤声敛息，出于一种不可言喻的恐怖，将身子缩成了一

[1] 见知刑枪：“見せ槍”，意指在行刑前由行刑手把将要刺死罪人的刑枪举至犯人眼前，亮给犯人看的行为。

团。每个人都如同被判了死刑，眼睛眨也不眨地沉默着。

冬日的天空碧蓝万里，外头的大街上日头明亮。

四

半七最终醉倒在原地。虽觉他大剌剌地躺在铺子正中间实在碍事，可谁也不敢随意上去触碰。

“唉，没办法。就让他在那儿躺一会儿吧。”

十右卫门去了内宅与家主夫妇商讨。铺里人也各自散去，做起自己手上的活。过了约莫一炷香时间，一直装睡的半七突然坐起身。

“唉，醉了。去厨房讨点水喝吧。各位不必管我，我自己去便好。”

但半七并未去厨房，而是径直绕去了内宅。他自走廊轻巧地跳下院子，如青蛙一般趴伏在一大簇南天竹叶片后。不多时，和吉的身影出现在外廊一头。他蹑手蹑脚地来到四叠半房的隔扇门前，窥探里头的动静。最终，他轻轻拉开拉门。此时半七也自南天竹后探出头来。

门后传来男子的哽咽声，然而声音太低，半七没能听清。最终，半七实在焦灼，慢慢从藏身之地出来，如猫一般敏捷地爬上了外廊。

和吉说得确实很轻，声音还因为落泪而微微发颤。

“正如方才那捕吏所说，是我杀了少爷，因为我心慕你。虽然我以前从未提过，可我老早便喜欢上了你，一心想与你结为夫妻。谁料你竟和少爷……甚至不日便要出嫁……你可知我的心情？阿冬，万望你能明白。即便如此，我也不恨你。如今依旧不恨你，只是恨少爷入骨。即便他是主子，我也忍不下去了。我许是疯了吧……所以才利用今年的岁暮票戏，去日阴町买了现成的刀，趁开幕时悄悄调包，没想到竟然成了……可在看见少爷浑身是血地被抬进后台时，我就如全身浇了冷水一般发怵。自那时起到少爷最终咽气的两天两夜间，我害怕得紧。每次去少爷枕边，我都全身发抖。只要少爷不在了，你迟早会是我的……这么一想，我便一半喜悦、一半愁苦，如此一直苟活到了今日……啊，我已经撑不住了。那捕吏果真是行家，他似乎已盯上我了。”

隔着拉门也能想象到他面色蜡黄、全身战栗的样子。和吉抽噎着继续说：

“那捕吏来铺里，装作烂醉，大喊大叫铺里有弑主的凶徒，接着又别有深意地解释起磔刑的流程。我实在待不下去，故而已盘算好了，与其被公役从铺里绑出去送至牢中，游街示众后受磔刑而死，不如趁遭此酷刑之前……自行了断。先前一再说过，我一点也不怨你，但我确然是为了你才走到这步田地……当然，对你来说，我或许也是杀害少爷的仇人，唯愿你体察我的心意，将我看作一个可怜之人。杀害少爷是我的过错，我在此赔罪。只求你在我死后，至少为我供一炷香。此乃我此生最大的心愿。这是我存下的俸金，有二两一分，全都赠予你。”

说话声渐低，之后便听不清了，唯有阿冬的啜泣声断断续续传来。本石町撞响了午后八刻（下午二时）的钟声。拉门内的人如为钟声所惊，传来了起身的声响。半七再度藏身南天竹繁密的叶片后。只听一阵颓然无力的脚步声传来，和吉如影子一般，垂头丧气地沿着外廊离开了。半七拍掉脚上的泥，爬上外廊。

再度回铺里一看，不见和吉的踪影。半七与账房掌柜闲聊了一阵，依旧不见和吉出现。

“说起来，那个叫和吉的伙计自方才起有好一阵子没见了。”半七明知故问道。

“是啊，不知跑哪儿去了。”大掌柜也疑惑道，“也不曾让他出门跑腿啊……您找他有事？”

“不，没什么大事。不过，您能否叫人去瞧瞧他是否出门了？”

一个小伙计去了内宅找人，不一会儿又出来，说里屋和厨房都没有和吉的踪影。

“既然如此，大和屋老爷可还在府上？”半七又问。

“是。大和屋老爷似还在里屋与东家谈话……”

“我想见见他，可否劳烦你通报一声？”

里间纸门紧闭，虽然是大白天，屋里依旧昏

暗。家主夫妇与十右卫门正围着长火盆低声商议着什么。夫人四十岁上下，风度不俗，眉尾稍淡的前额上密布着忧愁。半七被领入席中。

“老爷，杀害少爷的凶手找到了。”半七低声道。

“咦？”望着半七的三人目光均是一亮。

“是铺里人。”

“铺里人……”十右卫门膝行前挪一步，凑近问道，“这么说，您方才说的那些都是真的？”

“方才佯装喝醉说了那番失礼之言，还请见谅。凶手便是贵铺的和吉。”

“和吉……”

三人将信将疑，面面相觑。此时，一个婢女方寸大乱、连滚带爬地闯了进来，说自己方才到内宅仓房办事，发现和吉已在里头自缢身亡了。

“我便猜到他不是上吊就是投河，终归会自裁的。”半七叹息道，“之前听大和屋老爷描述此事来龙去脉时，提到过少爷和阿冬姑娘的事。接着我又注意到演戏时，与少爷同屋的就是和吉。少爷、阿冬姑娘与和吉，将这三人联系起来一想，我便料到他们之间定有什么情爱纠葛，故而便与阿冬姑娘见了一面，旁敲侧击打听了一番后听说和吉待她亲切，常常去探望她。如此，我心下越发生疑，便故意在铺上大喊大闹，叫和吉听了那一番话。大和屋老爷或许因此认为我鲁莽无礼，但我实为了铺子着想……诚然，我可以直接绑了和吉押送公衙，可他若下了狱，必遭审讯。待罪状坐实，他便要游街示众。审讯过程中牵扯到各方，必然连累贵铺不说，单论贵铺出了游街示众的重犯一事，铺子名声便免不了受损，日后的生意自然也要受影响，故而我委实不欲亲手捉拿他。再者对和吉来说，与其遭受游街示众与磔刑之辱，不若心下一横自我了断为佳，因此我才故意说了那番话恫吓他。再者，我也的确没有能将他定罪的确凿证据，这才为了寻找证据而如那般大放厥词……若他是清白的，定会如其他人一样听过便算；若他心中有鬼，定会坐立不安。果不其然，我的计谋成功，他亦下了决断。详细内情，就请各位去问阿冬姑娘吧。”

三人目瞪口呆地听着。

“半七头儿，我真是甘拜下风！”十右卫门首先开口，“逮捕案犯是您职责所在，您却愿意舍弃自己的功劳保全铺子的声誉，如此大恩我等不知何以为报。我斗胆再求头儿一事，此事真相可否请您不要昭告世间，只当和吉是发狂自尽……”

“自然。虽然对两位家主与各位亲族来说，或许让案犯受磔刑而死犹嫌不够。即便凶犯受了磔刑，已逝的少爷也无法起死回生。不如以此为契机，好生为和吉善后吧。”

“此番当真多谢头儿。”

“老爷，此事我自当保密，可全江户中唯有一人，我必须对她坦诚相告。这一点，容我事先禀明。”半七颇有男子气概地说。

“江户市中一人？”十右卫门一脸不解。

“在这里说虽有些难以启齿，但那人是下谷一位叫文字清的常磐津师傅。”

和泉屋夫妇对视一眼。

“那女子对此次事件似有诸多误会，我须得将一切为她说明白。”半七说，“再者，请恕我多管闲事。少爷尚在时，你们之间或许有诸多苦衷，事已至此，还请你们与那位女子恢复往来，多少照应一番吧。她一把年纪仍未嫁人，日后年岁渐大，又无依无靠的，着实可怜。”

听半七如此开导，和泉屋夫人不禁泣道：

“此事是我疏忽。我定会早日拜访她，此后待她如姊妹。”

“天已黑透了。”

半七老人起身扭亮电灯。

“此后阿冬依旧在和泉屋做工，之后由大和屋做媒，以和泉屋养女的身份嫁到了浅草。文字清也与和泉屋恢复往来，两三年后不再教授常磐津，亦是在大和屋的操持下嫁去了芝。大和屋家主着实是个亲善热心之人。

“和泉屋为幺女阿照招了赘。那赘婿是个勤快的，在江户更名为东京时当机立断换了行当，改为经营钟表铺。如今铺子依旧在山手办得红火呢。鉴于往昔的交情，我也时不时登门叨扰一番。

“正如大伙熟悉的《八笑人》[1]一般，江户时代盛行业余人士上演的歌舞伎剧和滑稽短剧。当时《忠臣藏》第五段和第六段还经常上演，许是因为这两场的戏服和道具都很简单。我也曾碍于人情去看过许多场。奇怪的是，在和泉屋那事发生后，第六段渐渐就不演了，许是演起来心里不是滋味吧。”

[1]《八笑人》：滑稽本《花历八笑人》。共五卷十五册，一至四卷为泷亭鲤丈著，第五卷为一笔庵主人（溪斋英泉）、与凤亭枝著，描写了江户市中游手好闲的八位伙伴在四季的赏玩活动上笑料百出的滑稽故事，是以幕末江户市民颓废的游戏生活为题材的幕末滑稽本代表作。

04
澡堂武士

一

某年正月，我又拜访了半七老人。

“过年好。”

“过年好，今年也请多多关照……”

半七老人客客气气地说着新年贺词，身上一股书生气的我倒有些仓皇失措。此时，我带来贺岁的屠苏酒被端了上来。酒量不大的老人和酒量极浅的我立刻双颊泛红面若春桃，话题也越聊越起劲。

“您素日常讲的那些故事里，有没有令人如沐春风的？”

“你这菜点得可有些为难厨师喽。”老人手指摩挲着额头笑道，“我们行当里的事多关乎杀人偷盗之流，少有清新明快的故事。不过我们也时常失误出洋相。到底不是神明，不可能看透一切，故而既会错料案情，也会错抓他人。换言之，便是一场笑剧。以往我都在吹嘘功绩，今次就说些出了洋相后的懊悔之言吧。如今回头一想，当初果真是闹了大笑话。”

文久三年（1863）正月，家家户户撤下门松那天，也就是初六那日傍晚，一个叫熊藏的小卒来到了神田三河町半七家。熊藏在爱宕下经营一家澡堂，相熟之人都唤他“澡堂熊”。此人冒失轻率，偶尔报告些荒诞无稽的消息，故而除“澡堂熊”外，半七头儿还给他取了个十分体面的诨名叫“吹牛熊”。

“晚安……”

“如何，阿熊？这会子开了春，可有什么有趣的消息？”

半七坐在长火盆前问道。

“其实我今晚就是为这来的……头儿，有件事我想与您说道说道。”

“怎么？你这阿熊，不会又要吹牛了吧？”

“哎呀，哎呀，唯独此事和吹牛绝对不沾边……”熊藏正了正脸色，抖起腿来，“去年冬天，大概霜月[1]中旬开始，有男子每日都来我家二楼，着实古怪，怎么看都有蹊跷。”

看过式亭三马《浮世风吕》[2]的人应当知道，江户时代至明治初年，大部分澡堂都设有二楼，且会让年轻女子在那儿卖些茶水糕点。上二楼的有前去午睡的懒汉，有下将棋的闲人，亦有花钱买女子一笑的浪荡子。熊藏的澡堂也设有二楼，还雇了个年轻漂亮的女子，名唤阿吉。

“头儿，来者是武士。您不觉得奇怪吗？”

“不奇怪，很正常。”

武士进澡堂须得先上一趟二楼寄放自己的大小佩刀，此后才能入洗浴场所。澡堂二楼便配有

---

[1] 霜月：日本旧历十一月的别称。

[2]《浮世风吕》：式亭三马所著的滑稽本，刊行于19世纪初，共4卷9册。该作以澡堂为舞台描绘了江户后期平民生活。文中会话采用了落语的说话技巧，妙趣横生，同时也对不同人物的动作、神态进行了详细描写。“风吕”即为“澡堂”之意。

刀架。

“可他每日都来，从无例外。”

“大约是武家值守江户的轮值家臣吧。许是看上阿吉了。”半七笑道。

“可您不觉得奇怪吗？哎，您且听我说。自去年冬日开始，连续五十多日间，他日日都来，连除夕、元旦、初二都来了……即便是轮值家臣，身为武家人，连元旦和初二也要上澡堂二楼游手好闲，哪有这样的道理？而且来者还不止一人，通常是两人前来，时而中途还要进进出出，去了别处又再回来。一到日暮，二人必定会结伴归去。方才也说了，他们每日如此，连除夕、元旦都没落下，难道不奇怪？我左思右想，总觉得他们不是寻常武士。”

“倒也是。”半七也微微正色，思忖起来。

“如何？头儿，您觉得他们是什么人？”

“许是假冒的吧。”

“英明！”熊藏拍掌赞道，“我猜也是如此。他们定是扮作武士，暗地里不知道做着什么勾当呢！他们定是白天聚在我家二楼鬼鬼祟祟谋划歹事，到了夜里便肆意妄为！头儿，您觉得呢？”

“或许吧。那两人长什么样？”

“都是年轻人……其中一人二十二三岁，肤色有些白，相貌不错；另一人与他岁数相仿，但比他高，长得也是仪表堂堂。两人看着都是爱玩的，茶资也给得爽快，对着女人也不像那等只会说些鰯鱼[1]、鲸鱼的乡下人。其实阿吉近来似乎对那肤色白皙的男子颇有意思……荒唐吧？因此不管我怎么旁敲侧击地问她，那两人在二楼聊了些什么，阿吉都不肯透露。我今日偷偷爬上楼梯，爬到一半，竖起耳朵探听他俩聊天。只听其中一人小声说什么：‘不可冲动砍人。若他迟迟不从，虚与委蛇，我们便恫吓他，再将他捉来。’头儿，您说呢？从这话便能看出，他们商量的定不是什么好事吧？”

“嗯。”半七又思索起来。

[1] 鰯鱼：沙丁鱼。

自黑船[1]的帆影惊扰了伊豆海面，世道日渐混乱。近段时间，有一类浪人[2]在四处徘徊，以筹措征夷的军资为由，勒索富裕商家。此类人里实则少有失了主家的浪人，大抵为品行败坏的御家人[3]、城内僧的浪荡儿子，抑或是江户市中的地痞无赖。他们沆瀣一气结为党徒，巧立筹措军资等名目，行强取豪夺之实。半七推测，那两个似已将熊藏家二楼当根据地的可疑武士，或许也属此类。

“既然如此，我明日先过去看看吧。”

“恭候大驾。午时前后他们定然在澡堂。”熊

[1] 黑船：嘉永六年六月三日，即公元1853年7月8日，美国海军准将培里率领舰队强行驶入江户湾的浦贺及神奈川（今横滨）。在美国的武力胁迫下，幕府接受开港要求，翌年双方在横滨签订《日美亲善条约》，开放港口并允许美国派驻领事，其他西方国家纷纷效仿。至此，日本被迫结束锁国，幕藩体制随之瓦解。此事件被称为“黑船事件”，日本称“黑船来航”。

[2] 浪人：因种种原因离开或失去主人的武士。

[3] 御家人：江户时代直属于幕府将军的下级武士。

藏与半七商定后，便回家了。

翌日吃了七草粥[1]庆祝人日后，半七先去八丁堀同心家中报到。上司提醒他近期世道动荡，纵火、盗窃等重案愈加频发，勉励他恪尽职守。半七闻言，振奋精神，当即对熊藏家二楼更为上心。他立刻赶往爱宕下，此时大约午前四刻半（上午十一时），大街上还有拜晚年的人来来往往，舞狮的锣鼓声也热闹非凡。

半七悄悄走进澡堂后门，熊藏已然等着了。

“头儿，您来得正好。其中一人已经来了，似乎进了浴池。”

“是吗？那我也去泡个澡吧。”

半七又绕去前门，扮作普通澡客付了钱，大白天的进了澡堂。洗澡间入口的隔板上绘有英勇武将，内里传来欢快的小曲儿，澡客只有五六人。半七进入浴池暖了暖身子便立刻出来，随意披上

[1] 七草粥：日本人于“人日”（1月7日）早晨吃的食物，以七种春季野菜与年糕熬煮而成的粥，以此祈愿全年无病无灾。

衣服上了二楼。熊藏也悄悄跟了上来。

“是方才在浴池边上的那人吧？”半七边饮茶边问。

“正是那个年轻人。”

“那人并非假武士。”

“是真武士？”

“看腿便知。”

武士随身佩带沉重的大小双刀，久而久之，左腿自然比右腿发达，左脚踝亦比右脚踝粗壮。半七看的是对方的裸足，决计不会有错。

“那么，是御家人？”

“发髻不同，应是某个藩国的人吧。”

“原来如此。”熊藏颔首道，“头儿，我今天偷眼瞧见他捧了个很重的包袱来，寄放在了阿吉那里。您要不要看看？”

“说起来，今日倒没见着阿吉，她人呢？”

“这时辰店里空闲，她就跟孩子似的，跑出去看舞狮了。现在正好没人，不如去检视一番，或许能得些新线索。”

“说的是。”

“我看阿吉接过后，塞到包租衣柜里去了……哎，您稍等。”熊藏在衣柜里翻找了一番，最终拿出个包袱。解开外头的深蓝布巾，只见里头又有两个包着葱绿布巾、状似箱盒的物件。

“我先下楼去瞧瞧。”

熊藏下了楼，很快又上来。

“我吩咐了柜上的人，若那人出了浴就咳嗽一声通知我们。头儿大可放心。”

包了两层的包袱中有两个好似用了溜涂[1]工艺的老旧漆盒。漆盒大小约能放入能乐[2]面具，一条发黑的绦子绕过盒底，呈十字在盒顶打结。在几分好奇心的驱使下，熊藏快速解开了其中一个

[1] 溜涂：一种涂漆工艺，在木胎上先涂一层红色漆料，再覆盖一层半透明的黑色漆料，以此做出黑中透红的漆器质感。

[2] 能乐：最具代表性的日本传统艺术形式之一，人类非物质文化遗产，广义上包括“能”和“狂言”两项，两者往往同台交替演出。能的特点是面具，通常是扮演鬼魂、妇女、儿童和老人时使用。

漆盒的绳子。

揭开盒盖后，一时未能弄清里面装的是什么。那物件由一层不知是鱼皮还是油纸的浅黄东西牢牢裹着。

“哟，包得真严实。”

熊藏解开一看，顿时一声惊叫。呈现在二人面前的是一颗人头，只是这颗头好似已历经了千百年的风霜岁月一般，轮廓极尽干瘪，肤色褐黄发黑如枯木腐叶。半七与熊藏几乎无法辨认此人是男是女。

两人惊得大气也不敢喘，直愣愣地盯着这奇怪的人头好一阵子。

二

“头儿，这是什么？”

“不知。总之先开另一个漆盒看看吧。”

熊藏有些畏缩地打开第二个漆盒，岂料又是一个郑重地裹着类似油纸之物的头颅。只不过那并非人头，而是一种似龙似蛇的奇特动物，长有短角、大嘴和利齿。这兽头的皮肉也已枯黑，坚硬有如木石。

接连而来的奇异发现使二人十分惊疑。

熊藏猜测那人是江湖艺人，带着来历不明的首级或许是为了卖艺。可坚信二人是武士的半七不敢苟同。那人为何要带着这样的东西？又为何能如此轻易地交给澡堂二楼的女侍看管？这两件物什究竟是什么？半七百思不得其解。

“不行，半点也想不通。”

此时柜台传来咳嗽声，二人慌忙包好可疑物什，照原样塞入衣柜。舞狮的锣鼓声渐息，阿吉也从外头回来了。武士脖颈上挂着湿手巾，上了二楼。半七不动声色地饮着茶。

阿吉认得半七，似乎悄悄提醒了武士一声。武士坐在角落，一言不发。熊藏扯着半七的袖子，一同下楼。

“阿吉使了眼色，那人已生了警惕，今日约莫探不出什么了。”半七说。

熊藏气恼地悄声说：“无论如何，我会盯着他们，看他们如何处理那两样东西。”

“另一人还没来？”

“今儿不知怎么了，这么晚了也没来。”

“总之你多加注意，有劳了。”

半七接着绕至赤坂方向，去办一桩事。他走在初春人迹繁杂的大街上，脑中一刻不停地冥思苦想着解开谜题的关键，可依旧无法轻易做出判断。

“莫非是巫蛊？带着那种东西四处走动，或

是行祈祷、诅咒之事，或是幕府禁止的切支丹[1]教徒。”

黑船事件一来，宗教管制越发严厉。若他们真是切支丹教徒，此事便不可不管。半七思忖，无论如何，不可放松对这两人的监视。自赤坂归家后，当晚未有事端，半七安稳就寝。岂料次日天色微明之际，澡堂熊又冲进了半七家。

“头儿，不好了！出大事了！那两个贼子终于干了歹事！咱们迟了一步，真不甘心！”

据熊藏报告，昨夜有两个浪人打扮之人闯入町内一家叫伊势屋的当铺，照例以筹措军资为由让铺主交出钱财。铺主不从，二人便挥起大刀砍伤铺主和掌柜，掳走柜上的八十两金子扬长而去。熊藏又说，虽然那强盗二人蒙着面，瞧不清容貌，但是他们的面相、年龄均与那两个可疑武士

[1] 切支丹：日本天文年间（1532—1555）传至日本的天主教派之一，或是当时天主教传教士作为传教手段所利用的物理化学技术。该词来自葡萄牙语 Christão 的音译，意为基督教。

相符。

“定是那二人！他们定是打算以我家二楼为据点，四下作乱呢！必须想法子制住他们才行！”

“此事不能不管了。”半七思忖着，说道。

“自然不能不管……若是他日此二人被他人拿下，别说头儿您，我澡堂熊的面子上也挂不住啊。”

半七闻言也坐不住了。若自己经手的案子被他人抢走，委实令人不甘。话虽如此，却也不能无凭无据地抓人。加之对方是武士，若轻易出手，或许会被对方倒打一耙。

“总而言之，你先回去盯着那武士，看他们今日会不会来。我做些准备就赶过去。”

送走熊藏后，半七立刻用了早食，接着便整装前往爱宕下。然而中途有事须绕道去办，半七只能先绕去日阴町，正巧撞见一位武士坐在刀铺会津屋前与掌柜交涉。半七随意一看，发现那武士正是昨日在澡堂二楼遇见的怪异漆盒的主人。

半七停下脚步，眼睛一眨不眨地盯着他。少顷，那武士自掌柜手中接过钱，快步离去。半七本想立刻尾随其后，但又想着或许能打探出些许线索，于是又折回来进了会津屋的铺门。

“早安。”

“原来是神田头儿，早安。”

掌柜认识半七。

“入春后，天冷得不像话。”半七在店头坐下，“冒昧一问，方才离开的武家人是铺上的熟人？”

“不，方才是头一次见。他揣着这东西到处问，被两三家铺子拒之门外后，最终来到我这儿，把东西强塞给我。”掌柜苦笑着说，身旁放着个似用某种油纸包裹着的硬物。

“那是什么……”

“是这个……”

掌柜解开油纸，露出一个浑身发黑、裹满泥污、貌似是鱼的东西。掌柜解释，那是用以裹卷刀柄或刀鞘的泥鲨皮。

“是鲨鱼皮？看着很脏。”

“因为这鲨皮还未经过加工。”掌柜将那肮脏的鲨皮翻过来给半七看。

“如您所知，这鲨皮多来自外邦远岛[1]，送来时沾满泥巴，须洗净打磨之后才能变成白净漂亮的样子，其中工艺甚为烦琐，一不小心便损失巨大。您也看到了，这鲨皮运来时全身是泥，打理妥当之前难以分辨是否有瑕疵或血晕。瑕疵倒还好说，血晕着实令人头疼。血晕听说是在捕杀鲨鱼时不慎让鲜血沁入鱼皮而成。此种血晕不论如何刷洗打磨都无法除去，令人极为头疼。纯白的鲨皮上若有黑红的血点，便卖不得好价钱了。当然，此类瑕疵可以刷漆盖过，可卖价不及白鲨皮的一半。一捆十张的鲨皮中，有血晕者十之三四，这我等也知晓，故而收购时通常有个均价。可这鲨皮若不妥善打理完毕便不知是否有血晕，着实令人为难。”

“原来如此。”半七佩服地颔首道。作为外行人，他有些难以想象这薄薄的肮脏鲨皮竟能摇身

[1] 武士们裹在武士刀柄或刀鞘上用以防滑的“鲛皮”，即所谓的鲨皮。虽称之为“鲛（鲨）”，实际上来自生活于印度洋海域的一种魟，日本称之为“真鲛”。

一变，成为洁白如玉的美丽卷柄。

“那武士是来卖这个的？”半七翻来覆去打量着鲨皮。

“听闻那客官是在长崎买下它的，最初跟我要了个相当高的价格。我是行内人，自然可以买下。可他虽是武家，到底是外行人，我心里有些不踏实。加之您也看到了，他拿来的是未加工的泥鲨皮，又只有一块，万一是沾了血晕的，那我可就糟了。故而我原本婉拒了他，可那客官不断纠缠，说多少钱都行，最终我便低价买下了……待会儿我或许会挨东家的骂嘞。嘿嘿。”

许是价杀得太低，掌柜没提收购的价钱，半七也没问。不过，那武士带来的净是些古怪的东西。先是干枯人头和奇异兽首，如今又是肮脏的泥鲨皮……总觉得这里头有蹊跷。

“哎，此番叨扰您了。”

半七饮了一杯学徒上的粗茶便离开了会津屋。接着，他立刻去了爱宕下的澡堂。熊藏迫不及待地跑了出来。

“头儿，昨日那年轻武士方才来了一会儿，马上又出去了。”

“手上有没有拿东西？”

“拿了个细长的东西，用布包着，不知是什么。”

“是吗？我中途遇上了那家伙。另一人呢？”

“高个儿武士今日也没来。”

“阿熊，辛苦你跑一趟那个当铺伊势屋，问他们除了银钱外，还有没有被抢的其他物什。”

说罢，半七登上二楼，只见阿吉正恍惚地坐在火盆前。半七连续两日都来，她眼中也藏着不安，到底还是挂上笑容，客气地打了招呼。

“头儿，您来啦。今儿天真冷。”

阿吉呈上茶水点心，不断溜须拍马。半七随意应付着，先抽了一管烟，接着说自己之后恐怕要每日前来叨扰，便包了些银钱塞给阿吉。

“多谢头儿。”

“你家中阿母和阿兄的身子还好吧？”

半七知晓，阿吉的兄长是泥瓦匠，阿母则已

年过半百。

“托您的福，家母和阿兄都好。”

“你阿兄年轻，自然还好，可你阿母已上了年纪。自古有云，子欲养而亲不待。你可得趁阿母尚在，好好尽孝。”

“是。”阿吉涨红了脸，低下头。

那姿态似害臊，似内疚，又似畏惧，故而半七便说笑一般接着说道：

“我听闻外头传说你近来春心萌动，可是真的？”

“哎呀，头儿……”阿吉的双颊越发通红。

“听说有两个武士自去年起常来这里，你与其中一人交情很不错，外头都传遍啦。”

“哎呀……”

“哎什么呀，我就是想跟你打听这事。那两个武士究竟是打哪儿来的？貌似来自西国[1]吧？”

“听说是的。”阿吉含混地答道。

[1] 西国：日本关西以西的地区，尤指日本九州地区。

“再有，虽有些对不住你，可不久后怕是要请你去一趟警备所，你最好先有个准备。”

此话听着像恐吓，唬得阿吉又怕了起来。

“头儿，要我去警备所是为了何事？”

“自然是为了那两个武士的事。若你不想去警备所，不如在这儿把一切坦白了？”

阿吉僵着身子，一声不吭。

“我说，那二人是做什么的？即便是轮值家臣，也不可能连岁末和正月都日日来澡堂二楼厮混。恐怕他们做了别的勾当吧？你可别说你不知。你一定知道。可否老实告诉我？他们寄放在那边柜子里的盒子究竟是什么？”

阿吉涨红的脸颊猛地转青，浑身颤抖。

三

虽做着这种行当，但阿吉还未老于世故，经半七一吓，已然哆嗦得连大气也不敢出。可她依旧咬定不知两个武士的出身，坚持只道自己听说二人是麻布一带某武宅的家臣，其余一概不知。经半七诱哄之后，阿吉最终说出一些情报：

“据说那两人是出来寻仇的。”

“寻仇……”半七笑出了声，“开什么玩笑。这又不是演戏，如今怎还会有二人一道来江户市中寻仇的事。罢了，就当他们是寻仇吧，你可知他们住在哪儿？”

“完全不知。”

事已至此，再如何逼问她恐怕都不会老实开口。半七正在思索，只听熊藏忽然从楼梯口探出头来，惊惶地叫道：

“头儿，您跟我来一下。”

“怎么了？为何如此慌张？”

半七特意从容不迫地从楼梯上下来，只见熊藏立刻凑过来悄声道：

“伊势屋除了被抢了钱，听说还丢了三匹薄绢布和五张鲨皮。”

“鲨皮……”半七心中一惊，“是泥鲨皮还是成品鲨皮？”

“这我倒没问……我再跑一趟问问。”

熊藏又快步离开，不久又返回，报告说伊势屋丢的都是打磨好的白鲨皮，是露月町的卷柄师典当的东西。听闻并非泥鲨皮，半七的算盘微微落了空，没法将昨日闯入伊势屋的浪人与今日售卖泥鲨皮的武士联系起来。

“想不通啊。”

不管怎样，如今已近午时，半七带着熊藏去附近用午食。

“那叫阿吉的姑娘，看来对其中一位武士痴迷得很哪。”半七笑道。

“没错，没错。就是因为这个，眼下这事才办得不顺利。不如狠狠吓唬她一顿？”

“不，我已唬了她一顿，已然够了。吓唬过头反倒容易出事。先放过她一阵子吧。”

两人嘴里叼着牙签回到澡堂，远远便望见一个年轻武士掀开澡堂门帘走了出来。此人赫然是方才在日阴町卖泥鲨皮的武士。他正郑重地抱着个用葱绿色布巾包好的箱盒。

“啊，那家伙来了，正想带走其中一个箱盒呢！”熊藏瞪大眼睛，抻着脖子张望道。

“确实是他。赶紧跟上去！”

“好嘞。”

熊藏立刻尾随其后。半七则返回澡堂，谨慎起见上了二楼，发现阿吉不知何时已不见了踪影。半七再打开衣柜一看，那两个可疑漆盒也不见了。

“看来全拿走了。”

半七下了二楼问柜上的伙计，对方回说阿吉方才下楼去了里屋，半七也便跟着往里走去。正在烧水的三助告诉半七，阿吉说有事要出门一趟，匆忙走了。

“她手上有没有拿东西？”

“这我不知。”

乡下来的三助还不够机灵，什么都没注意到。半七不由咂了声嘴。一定是在自己吃午食期间，正好那武士前来，与阿吉商量好，两人各带一个秘密箱盒，分两路各自从前后门逃脱了。仅是来迟一步便捅了个大娄子，半七对自己的疏忽万般懊悔。

“早知如此，当初应当干脆将阿吉绑了！”

半七原路折回，向柜上的伙计打听阿吉的住处。听闻她家住饭仓神明宫前的巷子里，半七立刻追到那处。阿吉的兄长出门做工去了，家中只有看着十分憨厚的老母在缝补破衣裳，说阿吉今晨如往常一般出了家门后便未再回来。阿吉老母的神色瞧着不像说谎。家中逼仄，也不见有地方可以藏身，半七只好失望而归。回到澡堂后，没过多久，熊藏也耷拉着脸回来了。

“头儿，对不住，我中途遇上个朋友，稍微聊了两句，那家伙就没影了。”

“混账东西！办差途中跟朋友闲聊，有你这样的吗？！”

如今再呵斥他已然无用，半七有些焦躁。

“不论如何大哭大闹，今儿是办不成事了。你给我好好盯着阿吉有没有回家。再有，若另一个武士来了，这回你可得好好跟紧，搞清楚那人的住处！这是你搞出来的事，你可用点心干活！”

那日两人就此别过。半七因动了肝火，当晚迟迟无法入睡。翌日严寒，半七照常用冷水洁面后便冲出家门。晒不到日头的横巷冻得如钢铁一般。附近的顽童将邻家天水桶[1]丢在户外，桶中的水结的冰足有两寸（越 6 厘米）厚。

半七呼着白气，急忙赶往爱宕下。

“如何，阿熊？那之后可有不寻常的事？”

“头儿，阿吉那家伙好像私奔了。她昨日一直

---

[1] 天水桶：日本用于贮藏雨水的传统容器，其贮藏的雨水在江户时代主要用于都市消防。

未回家，今早她阿母忧心忡忡地过来打听了。”熊藏皱着眉头，低声说。

“是吗？”半七的前额挤出了深深的褶皱，“没法子，今日再耐心盯一天梢吧。或许另一个武士会来。”

“也是。”熊藏像泄了气一般，恍惚地答道。

半七登上二楼。今晨因阿吉不在，故而未生火。熊藏的媳妇嘴里赔着不是，端来了火盆和茶水。早间没有上二楼的澡客，只有半七独自一人吸着烟干坐着。初春的寒气自衣领间钻入，令人阵阵发冷。

“阿吉那混账，这阵子心里飘飘忽忽的，窗纸也不补。”熊藏回头望着纸窗上的破洞，不耐烦地咂了一声。

半七没有应声，陷入了沉思。前日在此发现的人头和兽首与昨日在日阴町见到的泥鲨皮连成一串，走马灯般地在他脑中打转。那两个武士究竟是巫蛊、切支丹还是强盗的疑问亦难得出结论。再者，昨日未能成功尾随那个武士也令人颇感遗憾。如今半七无比后悔，当初自己不该倚仗熊藏这个糊涂蛋，而是该亲自出马跟上。

见头儿脸色极差，熊藏只好一声不吭地陪坐。芝的山内钟撞了四下（上午十时），楼下传来格子门被拉开的声音。柜上的伙计招呼一声来客，接着又似与二楼递信号一般干咳了一声。二人对视一眼。

“王八羔子，终于来了！”熊藏急忙起身想偷觑楼下，正好撞上一个高个子年轻武士提着刀快步上楼。

“您上来坐，近日每天都冻得慌。”熊藏连忙挂上笑容招呼道。

“您这边请，今晨那女侍没来，二楼有些乱。”

“那女子没来？”武士将大小双刀放上刀架，微微歪头疑惑，接着又若有所思地问道，“阿吉病了？”

“不知。暂时还未有人来报信，许是突然染了风寒吧。”

武士默然点头，最后褪下衣物下了楼。

“那就是另一个武士？”半七小声问道。熊藏使了个眼色表示赞同。

“头儿，现在怎么办？”

“总不能直接绑了他吧？算了，等他上来，你想个法子，巧妙地打听一下与他一道的那个武士的情况。咱们先听他的回答再作打算。对方到底是武士，若他一言不合挥刀砍我们就糟了，你先去将他的佩刀藏好。”

“确实。要不要叫帮手？”

“不至于。对方只有一人，应当能应付。”半七将手伸入怀中，探了探捕棍。

二人屏气凝神，严阵以待。

四

“唉，此事实在可笑。”半七老人笑着对我说。

“如今回头一想，此事办得委实荒唐。那之后，我们便等着那武士上楼。熊藏旁敲侧击问了许多，但对方总是含混搪塞，总似藏着掖着什么事。我也在一旁帮腔刺探，可听到的多是不可理解之事。我也渐渐不耐烦，便掏出了捕棍。哎呀，结果闹了个大笑话……哈哈哈。看来做事绝不可急躁。那武士见我亮出了捕棍，自觉进退维谷，终于说了真话。结果阿吉所说竟是真的，这两个武士的确是来寻仇的。”

“寻仇？”我不禁反问道。半七老人抿唇微笑。

“确实是寻仇。此又是一桩奇事，你且听我说。”

被半七的捕棍指着的武士叫梶井源五郎，是

西国某藩武士。他去年春季来江户轮值，住在麻布某宅邸内。他生性好寻欢作乐，与同僚高岛弥七尤其亲厚。两人常去吉原[1]、品川等地眠花宿柳。二人对江户越发熟悉，便在去年十一月初邀请同为家臣的神崎乡助和茂原市郎右卫门去了品川某青楼。席间，神崎与茂原醉酒后起了口角。梶井与高岛从中劝解，当时暂时压住了局面。可神崎似乎依旧不甘心，说要立刻回去。两位和事佬竭力挽留，说宅邸门禁已过，今夜不如留宿一晚。但神崎不从，坚持要回宅邸。

他这般模样，总不能真叫他独自回去，故而四人最终还是一道出了青楼。夜里五刻（晚上八时）有余，四人来到高轮[2]海边。漆黑的海面上稀稀疏疏地亮着两三点渔火。醒酒的北风吹起飞霜。

[1] 吉原：日本江户时代允许公开营业的妓院集中地，称为“吉原游郭”。起先在日本桥附近，明历大火之后搬到浅草寺后面的日本堤。前者称为原吉原，后者称为新吉原。位于今东京都台东区，是日本排名第一的花柳街。

[2] 高轮：今东京都港区高轮，位于港区南端。

疾驰向宿驿的驮马铃声传来，似要摇荡出夜晚的严寒。方才一直沉默不语的神崎此时后撤一步，猛地拔刀，黑暗中忽然闪过一道白光。等两人回神时，茂原已惨叫一声倒地。神崎立刻收刀，飞速往芝方向逃窜。梶井与高岛大为惊骇，在原地愣怔了好一阵子。茂原背部自右肩往左下斜挨一刀，当场毙命。事到如今已回天乏术，梶井与高岛二人只好雇来轿子，趁夜悄悄将茂原的尸首运回麻布宅邸。在风月场所醉酒争执，并因此杀害同僚，神崎犯下如此重罪，宅邸也即刻开始搜寻他的下落。过了五日、十日，依旧没有任何线索。茂原有个弟弟名叫市次郎，他立即请求宅邸放他去为兄长报仇。

宅邸虽允准了，但不能公然给他批假，于是答应他护送兄长遗体返乡途中，可以绕道参谒佛寺或拜访亲戚。也就是说，市次郎可借参谒佛寺、拜访亲族之名，行复仇之实。弟弟感激致谢，随后带着兄长的尸骨自江户出发了。

涉事者梶井与高岛则因出入花街柳巷品行不

端而受呵斥训诫。尤其当夜在神崎挥刀伤人之际，二人竟让凶犯逃之夭夭，此等疏忽着实不该。二人因此均受了严厉责难，并被勒令帮助市次郎复仇，以此将功抵过，只是不得离开江户前往其他藩国。府邸命令二人每日于江户市中四处走访，并在百日之内探出仇敌所在。

仇敌神崎是否依旧藏身江户尚不可知，可二人受了严令，只得每日晨六刻（早晨六时）离开宅邸，在江户市内走动、查探至傍晚六刻（傍晚六时）归宅。最初的十日左右，二人尚还耐着性子老老实实在江户市中到处搜寻，到后来便疲于应付这项艰难的职责。最终二人琢磨出了偷懒的主意，约定每日清晨依旧于六刻离开宅邸，然后找处歇脚茶摊、评书瓦舍或澡堂二楼悠闲待过一日。向宅邸报告每日的搜寻进展时，两人便随意捏造些去处加以搪塞，今日说去了浅草闹市巡查，明日说去了本乡的武家町巡查，实则每日窝在某地游手好闲。如此自然寻不出仇敌的下落。

由于每日不务正业，二人不得不尽量选择不

花钱的地方待着，最终便以熊藏家澡堂二楼为据点，时不时出去转悠一圈敷衍了事。这期间，二人中的高岛竟与二楼女侍阿吉有了过度亲密的关系。阿吉担心高岛，时时规劝高岛寻仇太过危险，要他放弃。

这般作为，如何能寻得见仇敌？即便让他们寻见了，二人也根本没有老老实实帮助同僚复仇的决心。故而，随着时日流逝，二人不得不开始考虑以后的退路。若百日期限到了还找不到仇敌，自己的失败便是肉眼可见的。虽说要于百日之限寻出不知是否还身在江户的仇敌本就是强人所难，可这是宅邸的命令，不得不照办。到时候，自己虽不至于遭宅邸解雇，但也必须做好被以品行不端的名义遣回藩国的心理准备。这种忐忑，两人每日在优哉游哉地玩乐时，依旧如巨石一般压在他们心头。

“我干脆去当浪人吧。”高岛说。他身后还有一个阿吉。他担忧若自己被遣返藩国，便无法再见到阿吉。没有此等强烈动机的梶井则在害怕被遣返藩国的同时，亦无法下定决心成为浪人。他与孑然一身的高岛不同，故乡还有母亲、兄长和妹妹。

“哎，别那么急躁。”他一直如此安抚高岛。直到今年初春，高岛似乎下定了决心，每日离开宅邸时，均会带出一些自己平日爱用的器具，偷偷转移至阿吉处。不多时，澡堂老板亦开始注意他们。阿吉也偷偷跟二人透露，这家澡堂老板其实在捕吏下头做事。在这节骨眼上遭到莫须有的怀疑，高岛越发厌烦，已然无法平心静气，便同阿吉商议一同藏身至某处，昨晚便没有回到宅邸。梶井心中担忧，便于今早来澡堂找人。

如此，寻仇的理由和私奔的原因便都一清二楚了，只剩高岛寄放在阿吉处的那两个可疑物件未获解释。

“那是高岛家代代相传的宝物。”梶井说明道。

丰成秀吉征伐朝鲜之际，高岛的十世祖弥五右卫门追随主公渡海。那干枯的人头与来历不明的兽首便是十世祖当时带回的战利品。它们本为异邦朝鲜巫女在诅咒或祈祷时所用，大抵被当成神明加以祭祀。由于此二物太过稀罕，十世祖便将它们带回了国，可谁也不知道那究竟是何物，故而就被当作宝物由高岛家代代传承。此事在藩中无人不晓。梶井也见过一次。此次高岛计划逃离宅邸，自然会第一时间将这奇特宝物交给阿吉保管。

至于泥鲨皮，梶井也说不知。不过高岛的祖父长久居于长崎，大约是那时自外邦人手中购入的吧。泥鲨皮有人肯收，高岛便卖了换钱。另外两物自然无人肯买。加之此为传家之宝，想必他便带在身上，与女人一同走了。这对年轻男女带着人头和龙首，也不知辗转到了何处。仔细想来，此事既怪异，又悲哀，实在是前所未闻的私奔事件了。

“我如今能将此事当笑话说，可当时委实下不来台。”半七老人又抚额说道，“加之亮出了捕棍耀武扬威，便越发收不了场了。出乎意料的是，那个叫梶井的武士竟是个开明的，与我们一笑泯恩仇了。唉，如此总算收住了场子。听说那叫高岛的武士此后再没回过宅邸。阿吉也音讯全无。有传言说二人逃得远，躲在了神奈川宿场附近，之后也不知如何了。至于最紧要的复仇一事，最后也不知如何了。梶井并未被遣返藩国，此后也时不时来澡堂二楼玩耍。洗劫当铺的浪人另有他人，日后在吉原被捕。到了明治时代，我向旁人打听了一番，对方说那人头约莫是所谓的‘木乃伊’之类，也不知实情究竟如何。不管怎么说，那东西着实怪异。”

05
蛇女复仇

一

二月以来，我一直忙于自己的工作，已有三月未能拜访半七老人家。我隐隐有些挂怀，便在五月末寄信致歉自己久疏问候。回信很快来了，说是下月有冰川神社[1]祭典，届时家里会煮强饭[2]，邀请我过去。我顿时也想见见老人，便在祭典当天出门，行到半路，天便下起了蒙蒙细雨。

---

[1] 冰川神社：冰川信仰是对于须佐之男的神道信仰之一，总本社为现位于埼玉县埼玉市大宫区高鼻町的冰川神社。赤坂亦有冰川神社，为江户七冰川之一。赤坂冰川神社会在 6 月 30 日举行大祓祭，驱除半年来的罪孽和污秽，祈求下半年无病无灾。

[2] 强饭：将糯米放入蒸笼蒸出的口感稍硬的糯米饭，多指放入红豆共煮、用于庆贺的红豆饭。“强”为坚硬之意。

“真不巧，遇上雨了。”

“梅雨季快到了嘛。”半七老人有些沉闷地抬头望着天空，“今年好不容易遇上正式祭礼，却是这个天气，真伤脑筋。不过也没什么大不了的。”

正如信中所说，强饭和红烧菜肴已上了桌，还备了酒。我不客气地喝酒吃菜，聊着祭典上搭起的舞台。雨势渐大，家中的阿嬷慌忙过来，收起挂在屋檐下的灯笼与花饰，町中舞台上的伴奏声似乎更为沉寂了。

“糟糕喽，雨越下越大。这下没法出去看舞了，今晚就悠闲地聊聊天吧。不如聊些往昔旧事？”老人让阿嬷将一片狼藉的碗碟酒盏撤下，说道。

这对我来说可比看舞吃饭愉快得多，我立刻顺着话头央他如往常一样讲些往昔功绩给我听。老人咧嘴笑说：“又说这个？”最终还是被我说动，讲起了一件事。

“你讨厌蛇或者蝮蛇吗？我想大约没人喜欢，甚至有人闻蛇色变。若你没那么讨厌，我今晚就说个有关蛇的故事吧。此事发生在安政大地震[1]的前一年。”

七月十日是浅草寺观音菩萨的四万六千日[2]，天蒙蒙亮，半七就出门参拜了。五重塔笼罩在湿润的晨霭中，鸽群还未飞下来啄食豆粒，晨间参拜的信众也很少。半七闲适地参拜完毕后，便回家了。

归家途中经过下谷御成道[3]时，半七发现刀铺旁的小巷子里围着七八个男人，似是发生了什

[1] 安政大地震：指江户后期安政年间于日本各地连续发生的大地震，尤指安政二年（1855）发生的安政江户地震，里氏震级 6.9~7.1 级，烈度 11 度，震中离江户很近，摇晃后的火灾对关东地区整体造成了破坏。幕府官方记录死亡 4741 人，倒塌房屋 14346 户。

[2] 四万六千日：每年 7 月 9 日至 10 日是浅草寺本尊观世音菩萨的祭日中能获得大量功德的功德日。据称在该日前来参拜观音，所获功德等同于参拜 46000 日的功德，故称“四万六千日”。

[3] 下谷御成道：幕府所建供将军前往上野（今东京都台东区上野）宽永寺参拜的道路。宽永寺为德川家菩提寺之一，由江户幕府第三代将军德川家光于宽永二年（1625）创建，共有六位将军埋葬于此。

么事。出于职业习惯，半七停下脚步探看巷内，此时，一个身穿棋盘格浴衣的矮小男人离开人群，匆忙跑了过来。

“头儿，您去哪儿了？”

“晨参观音菩萨去了。”

“您来得正好，这儿恰巧发生了件怪事。”

男人蹙眉低声说道。他是暗线源次，是个桶匠。

“所谓的暗线，类似今天说的间谍。”半七老人解释道，“在小卒手下干活，表面上做着鱼商、桶匠等某种营生，空闲时提供一些线索。他们都在暗中工作，绝不会出面抓人，始终维持正派人的样子。捕吏手下有小卒，小卒手下有暗线，彼此沟通协作，巧妙配合，才能干成这门营生，不然就无法逮住作奸犯科之人。”

源次在这一片住了很久，在暗线中也算有眼力见儿的。既然他说出了怪事，半七也就微微正色起来。

“怎么？出什么事了？”

“死人了。鬼师傅死了。”

鬼师傅。获此奇怪绰号的是一个叫水木歌女寿的舞蹈师傅。歌女寿抱来自己的侄女，自小当女儿抚养，严格教授她舞艺，打算让她以歌女代的身份承袭自己的衣钵，可这歌女代于去年秋日死在了十八岁上，“鬼师傅”这个绰号便是因此而来。

歌女寿今年虽已四十有八，但与实际年龄相比，她长得甚是水嫩俏皮。因职业缘故，她年轻时便艳闻不断，这二十年更是沉溺于色欲，故而邻里间对她的风评并不怎么好。她之所以收养自己的侄女，也是为了以后从中牟利。从旁观者角度看，她教养侄女严厉到几近残忍。或许因为自小受到苛待的缘故，歌女代一直体弱多病，但养母严苛的教习也让她习得一身出色的舞技。此外，她的长相也十分可人。歌女代自十六岁起便代替养母教习弟子，并且单凭容貌招来了许多男性弟子。如此，歌女寿的钱袋日渐饱满，可她挥霍无度，仅凭每月固定的月钱、炭火费、草垫费等进项已无法满足她的花销。于是她便谋划以年轻貌美的侄女为饵，钓一尾大鱼。

这尾大鱼乘着去年的春潮而来。他是中国地方[1]某大名宅邸的留守家臣[2]，恳切希望占有歌女代。歌女寿起初假意以需要养女承袭衣钵为由拒绝，让他着急。对方一听果然上钩，表示愿意每月拿出一大笔赡养金，求纳歌女代为外室，甚至承诺一切谈妥之后，将一次拿出一百两金子用于打点嫁娶事宜。一百两！这在那个时代可是一笔巨款，歌女寿自然连声答应。她眉开眼笑地对歌女代说体己话：“从此以后，我们便翻身了。”

“唯独此事，恳请阿娘饶过女儿。”歌女代哭着恳求道。她一再哀求阿娘，说自己身体虚弱，最近单单为了教习大量弟子而昼夜不停地跳舞便已渐感体力不支，若还要伺候个老爷，自己定然撑不下去。此番就算不做如此卑贱不堪的外室，生活也不会困苦。自己定会努力工作直至倒下，

[1] 中国地方：日本本州岛最西部地区的合称，包括今鸟取县、岛根县、冈山县、广岛县、山口县等五个县。

[2] 江户时代实行参勤交代制度，即各地大名须每年前往江户一次，替幕府将军执行政务，之后返回自己领地，因此大名不在江户时，便需要专门的家臣驻守江户宅邸。

不让阿娘为生计发愁，希望阿娘拒绝这门外室亲事。歌女寿自是不肯，谁知平素老实温顺的歌女代在此事上竟异常坚决，任凭歌女寿如何恐吓哄骗依旧不肯松口。歌女寿无可奈何，心急如焚，加之自那年梅雨季始，歌女代的身子便日渐衰弱，几乎已经无法承受每日的舞蹈教习，每两三日便要缠绵病榻一次。这厢一再拖延不给答复，老爷那边似也没了耐心，此事便不了了之了，大鱼脱钩逃走了。

歌女寿恼恨得咬牙切齿。眼睁睁地看着好不容易咬钩的阔老爷跑掉，歌女寿恨歌女代入骨，认为皆是她太过固执之故。她将面色苍白卧病在床的歌女代强行拖出被褥，说她既然答应要努力工作直至倒下，如何能日日卧床虚度光阴？定然要出去辛勤工作，不死不休，要她从早到晚教习弟子练舞，自然也没有请大夫为她诊治。一个叫阿仲的年轻伴奏琴师同情歌女代，悄悄为她买药治病，然而那年暑伏尤盛，暑气折磨着歌女代病弱的身躯，折磨得她骨瘦如柴。可歌女寿恶毒地不许她休息，依旧要她每日拖着半死不活的病躯，脚步虚浮地站在练舞台上。阿仲心下担忧，可又碍于大师傅怒目紧盯，不敢有所动作。

临近盂兰盆节[1]，七月初九当日午后，歌女代终于精疲力竭，在跳《山姥》[2]时倒在了舞台上。年轻貌美的舞蹈师傅因长年遭受无情养母的折磨，在十八岁那年初秋告别了人世。

她去世后的第一个盂兰盆节傍晚，白色四角灯笼长长的灯穗在若有似无的冷风中轻轻飘动。阿仲浑身发抖地对近邻悄声低语，说自己清楚地瞧见小师傅形单影只地站在昏暗的灯影中。流言

[1] 盂兰盆节：以旧历七月十五日为中心，在七月十三日至七月十六日的四日间举行的佛教法会，源于佛教盂兰盆法会。

[2]《山姥》：日本传统戏曲、舞蹈、乐曲，其系列称为“山姥物”，多以能剧《山姥》以及近松门左卫门以其为基础创作的净琉璃《妪山姥》发展而来，最有名的是常磐津节《薪荷雪间市川（新山姥）》。故事梗概为山姥抚养长大的怪童丸被源赖光看中，以坂田公时之名上京。实为日本民间故事《金太郎》故事的歌舞剧版。

不胫而走，平素看不惯歌女寿的人更是添油加醋地大肆嚼舌根，更有甚者还传出了耸人听闻的谣言，说歌女寿家每到夜里便能听见有人在漆黑的练舞台上用脚“咚咚”打拍子的声音。这下大家都认为歌女寿家闹鬼了。鬼师傅的恶名传遍町内，弟子们渐渐不敢靠近，阿仲也辞了工作。

这次死的正是那个鬼师傅。

“怎么死的？照她那德行，难道吃了不干净的东西？”半七略带嘲讽地小声问道。

“不是。”源次有些恐惧地盯着半七低声道。

“鬼师傅是被蛇绞死的……”

“被蛇绞死？”半七错愕道。

“婢女阿村今早发现的。师傅脖子上缠着条黑蛇，死在蚊帐里了。诡异吧？街坊邻里都心惊肉跳，说人的恨意实在可怕。”

源次有些发怵地说。一想到或许是惨死的歌女代的灵魂附在黑蛇身上绞死了冷酷的养母，半七心下也不禁骇然。鬼师傅被蛇绞杀，无论如何都是个令人不寒而栗的事件。

二

“总之，先过去看看。”

半七带头走入巷子，源次也一脸忐忑地跟在后头。歌女寿家门前，人越围越多。

“今日恰好是小师傅的一周年忌日。”

“我就知道早晚会变成这样，实在可怕。”

众人眼中闪着恐惧的光芒，窃窃私语道。半七和源次拨开人群，从后门进入师傅家。由于滑门没有完全打开，家中有些昏暗。蚊帐依旧挂着，房东与婢女阿村正沉默地坐在旁边的四叠半房中，大气也不敢出。半七认识房东，立刻过去打招呼。

“房主大哥，飞来横祸呀。”

“啊，原来是神田的头儿。自家赁屋中竟出了这等事……我已请警备所的守卫去报官了，但差役们还没来，我也不敢轻举妄动。我知道近邻们似乎在议论些不着调的，可这死状也着实蹊跷，怎么会被蛇绞死呢？总而言之，令人头疼呀。”房东似乎也不知该如何处置。

“这一带平时就有蛇出没吗？”半七问。

“您也知道，这一带屋舍密集，蛇也好、蛙也好，都很少出现。再者这屋子虽有院子，但也不过四坪（约 13 平方米）有余，根本住不了蛇，也不知是不是从外头爬进来的。正因为如此，左邻右舍才会议论纷纷……”看来房东心中也勾画着歌女代的亡魂。

“可否让我看看蚊帐里面？”

“您若想查看，请自便。”

房东知晓半七身份，立刻便答应了。半七起身去往邻屋。这是一间六叠房，一角靠墙放着一个三尺移动壁龛，上面挂着一幅老旧的帝释天[1]像。蚊帐吊顶，囊括整个六叠房间，大抵因为近

---

[1] 帝释天：原为印度教神明，即因陀罗，后为佛教吸收，成为佛教护法神。佛教认为他是忉利天之主，坐骑六牙白象，常率领天人与阿修罗作战。

日残暑甚烈。歌女寿在垫褥上铺了草席，薄棉被则被踢到脚边。尸体头朝南仰卧，稍微歪出垫褥，枕头则横在一边，发髻蓬乱似曾被人胡乱抓挠。死者眉头紧皱，唇角歪斜，苍白的舌头伸出，满脸透着临终前的痛苦气闷。睡衣似遭人扯开，尸体从肩至胸袒露而出，如男子一般平坦而娇小的乳房微微发红。

“蛇呢？”源次也跟进来探看。

半七掀开蚊帐走了进去。

“屋里太暗，帮我开一扇院子边的滑门吧。”半七说。

源次起身打开一扇朝南的滑门，六刻（清晨六时）过后的朝阳自外头一下倾泻而入，将起伏的簇新蚊帐照得铁青，女尸的苍白恐怖面容也随之暴露在众人眼前，只见她那煞白的下巴下似有什么黑色发光的鳞片状物体。源次本在蚊帐外惶恐不安地往里张望，见状下意识将头后仰。

半七微微俯身仔细一看，见是一条体形不大的黑蛇，顶多一尺来长，蛇尾缠着女人的脖颈，扁平的蛇头软绵绵地垂落在垫褥上，好像死了一般。半七用手指轻轻一弹蛇头，想探探它的死活，只见黑蛇倏地扬起了镰刀形的脖子。半七见状略一思索，自怀中取出手纸叠好，又轻轻压在蛇头上。只见那条蛇有些畏惧地缩回脖子，又老老实实将头垂下，倒在垫褥上。

半七钻出蚊帐，在侧廊边的洗手钵里洗过手，回到了四叠半房间。

“可发现了什么？”家主迫不及待地问道。

“眼下还不好说。差役们来查看过后，或许会有他们自己的考量，我就先告辞了。”

房东挽留，但半七没有答应。他无视房东有些失望的神色，转身快步出了门。源次也跟了出来。

“头儿，如何？”

“那婢女看着挺年轻。十七八岁？”半七忽然问。

“听说是十七岁。难道是她做的？”

“嗯——”半七沉吟道，“眼下还很难说。我就告诉你吧，师傅不是被蛇绞死的，而是有人勒死了她，再把蛇缠上去的。你记着这事，那婢女自不必说，其他出入者也要小心盯着。”

“这么说来，不是死者的恨意作祟？”源次的眼神似还有些怀疑。

“死者的恨意或许有，但生者的恨意是必然有。我心下有些线索，要去查探查探，你也好好干。还有，那师傅手头是否有些小钱？”

“毕竟是个贪财的，应该有些积蓄。”

“可有相好？”

“最近似乎沉溺于情欲。”

“是吗？那这里就交给你了。”

正说着，半七无意中抬头一看，留意到了一个男子，众人都围在鬼师傅家门前七嘴八舌，他独站在离人群有些距离的地方，似乎正竖起耳朵探听这边的谈话。他时而偷瞧一眼，打量着半七二人的脸色。

“喂，那个男人是谁？你可认识？”半七悄声问源次。

“那是町中裱糊匠的儿子，叫弥三郎。”

“可曾出入师傅家？”

“直至去年还每晚前去练舞，但自小师傅死后就不曾踏入一步了。不只是他，自打小师傅没了，大多数男弟子都散了，真是现实！”

“师傅的菩提寺在哪儿？”

“是广德寺前的妙信寺。去年出殡时，我作为街坊也去送葬了，因而知道得非常清楚。”

“嗯，妙信寺啊。”

半七辞别源次，走到御成道大街，忽而又似想起了什么，急忙返回，前往广德寺前。暑伏刚过，秋日的朝阳照得大水沟里的水闪闪发光，巨大的麦秆蜻蜓掠过半七的鼻尖，行云流水般飞入一堵盖瓦土墙。这土墙内便是妙信寺。

进门左侧有个花摊。盂兰盆节将至，花摊前堆满了绿油油的芒草叶。

“今儿个可好？”

半七站在摊前打声招呼，忙活着的阿婆从芒草堆中直起腰身，眨巴着眼转过身来。

“哎呀，欢迎。您是来参拜的？今年残暑烈得很，伤脑筋哪。”

“给我拿些芒草。我想问问，舞蹈师傅歌女代之墓在哪儿？”

半七装模作样地买了束花，借此询问歌女代之墓所在何处，接着又问师傅墓前是否常常有人祭拜。

“这个嘛，起初常有弟子来扫墓，最近都不怎么来了。只有那裱糊匠的儿子雷打不动，每月忌日都来祭拜……”

“裱糊匠的儿子每月都来？”

“对。年纪轻轻的，真是难得有心……昨儿也来了。”

半七在提桶内装了水放入芒草，提着去了墓地。墓是祖祖辈辈所葬的小石塔，皈依日莲宗的歌女代火化后便葬于此。石塔与邻墓之间有一株高大的枫树遮蔽阳光。秋蝉瑟瑟地鸣叫着。墓前花筒里插着桔梗和败酱草，上面沾着水珠，半七有些疑心是裱糊匠儿子的眼泪。半七供上鲜花和清水，合掌祭拜，这时候忽然听到一阵窸窸窣窣的响声。半七回头一看，只见一条小蛇仿佛在追踪什么东西，游走在秋草之间。

“难道是抓了这东西？”半七若有所思地盯着小蛇游走的方向，接着又打消念头，“不，不是。”

半七又回到刚才的花摊，问阿婆，小师傅在世时是否常来扫墓。阿婆回答，歌女代虽年轻，但却是个有心的，时不时便来扫墓，偶尔还会和裱糊匠的儿子一起来。综合如上情报考虑，凄苦死亡的小师傅与来墓前悲泣的年轻裱糊匠之间似有什么牵扯。

“此番叨扰您了。”

半七搁下银钱，出了寺庙。

三

出了寺庙准备返回上野时，半七遇见了一个高个子男人。他是半七的小卒，名为松吉，外号瘦竹竿阿松。

“喂，阿松。巧了，我正好想绕去你家呢。”

“怎么，有公事？”

“你不知道？鬼师傅死了……”

“不知道。”松吉一脸错愕，“她竟然死了？”

“别成天浑浑噩噩的！人就在你眼皮子底下，你却不知道。”半七教训道，“凡事可得再勤勉着点！”

从半七处听闻鬼师傅的死讯后，松吉目瞪口呆地说：

“竟是如此。真是人在做天在看，鬼师傅终究是被附身咒杀了。”

“先甭管这个，你照我说的去做。你去探听一番，帮我查查附近卖池鲤鲋[1]护身符的小贩住哪儿。应该不在马喰町，我猜大约在万年町一带，总之你尽快找到。这事不难。”

“是，我定设法找到。”

“好好干，你应该不至于出错。卖符小贩有几人、相貌如何，这些都要查清楚。”

“遵命，我这就去查。”

目送着阿松瘦高的背影远远往山下走去，半七也抬脚回了神田家中。那一日天气炎热，日暮之后，源次悄悄来访，说鬼师傅的尸身已经验完，凶手到底是人还是蛇尚未有定论。毕竟鬼师傅平素风评就不好，大家都觉得是蛇祟附身而死，后面也就不费心盘查了。半七只是笑吟吟地听着。

“师傅何时出殡？”

“听说是明早六刻（早晨六时）。她似乎没什

[1] 池鲤鲋：知立神社。位于今爱知县知立市。亦称为“池鲤鲋大名神”，江户时代东海道三社之一。

么亲戚，大约会由房东和附近邻居聚在一起把丧事办了。”源次说。

另一方面，松吉那边当晚并未传来什么消息。翌日清晨，半七前往妙信寺查看师傅出殡的情况，发现师傅的遗骸已经用轿子送来，另跟了三四十个町中邻居与弟子前来送葬。源次在列，似乎异常警惕。裱糊匠的儿子弥三郎也面无血色地跟着。此外还见到了婢女阿村瘦小的身子。半七不动声色地端坐在一隅。

诵经结束后，遗体被送往火化场。送葬人陆续离开后，半七故意慢了半步才从座位上起来。临走时，半七悄悄转去墓地方向，只见一个男人正在昨天的墓前祭拜——正是裱糊匠的儿子。半七放轻脚步，躲在他身后的大石塔背后仔细探听，但弥三郎只是沉默而虔诚地祭拜。少顷，弥三郎祭拜完毕，抬脚打算离开时，半七从石塔后探出头来，两人目光正好相撞。弥三郎似有些惊慌，急忙想走，却被半七低声叫住了。

“有何贵干……”弥三郎停下脚步，神色有些畏缩。

“有事想找你了解一番。烦请过来一下。”

半七将他拉回师傅墓前，两人在草坪上蹲下。今早天有些阴，草叶上未干的晨露渗入两人的草履，带来丝丝凉意。

“听说你非常有心，每月都来祭拜。”半七若无其事地先声问道。

“毕竟往昔曾去小师傅那里学舞。”弥三郎恭恭敬敬地回答。自昨日早晨之后，他大抵已察觉了半七的身份。

“我也不兜圈子，单刀直入地问了，你和去世的小师傅是否有什么关系？”

弥三郎变了脸色，低头沉默，揪着膝下的青草。

“老实告诉我，你和小师傅有情谊吧？小师傅死得那么惨，这次周年忌上又出了那种事，要说是因缘巧合，这因缘着实奇特，可也不是单凭‘奇特’一词便可轻轻揭过的。大家都说是你为替小师傅报仇，对大师傅动了手，风声已经捅到上头的耳朵里去了。”

“我怎么敢……我为何要……”弥三郎双唇颤抖，慌忙想要反驳。

“我知道不是你。我是神田的半七，是个捕吏。我还没有冷酷到单凭世间风声就对无辜之人动手。但你必须老老实实地告诉我一切，否则我也很为难。明白吗？再说这次的事，你与小师傅之间有关系吧？哎，你别想骗我。小师傅就在这墓中，你怎可当着她的面撒谎？”半七指着坟墓恐吓道。

花筒里的花已经枯萎，桔梗和败酱草的叶子都干枯地垂了下来。弥三郎定定地注视着枯败的花，睫毛上不知何时染了水汽。

“头儿，我什么都和您说。其实我自前年夏季开始便每晚去师傅那儿练舞，渐渐与她……可是头儿，我与她确实未曾做过不齿之事。您也知道师傅身子弱，我又怯懦，因此我俩只是瞒着大师傅说说真心话而已……唯有一次，那是去年春天，我与小师傅一起来此扫墓。当时师傅说自己在家中已然待不下去，要我带她走。现在一想，若是那时狠心带她走便无事了，但我有爹娘，有弟妹，不可能丢下他们与她私奔，因而那天便劝慰了师傅一番，好歹让她平安归了家。不久，师傅便卧床不起，最终遭了那样的下场。想到这些，我便觉得自己当初对她见死不救，日夜内疚不已，所以才雷打不动地每月过来扫墓告罪。事情就是如此，我与此次大师傅的事着实没有任何关系。听闻大师傅被蛇绞死时，我心中也觉得毛骨悚然，毕竟正好是小师傅的一周年忌。”

如半七所想，小师傅与年轻裱糊匠之间确实潜藏着如此悲伤的情谊。他的忏悔并无虚假，半七已从男人脆弱地流下的泪水中知晓了这份忏悔。

“小师傅死后，你再也没进过师傅家？”

“唔——”男人有些含糊其词。

“不得隐瞒，眼下是关键时刻。嗯？真的没再进去过？”

“此事着实令人费解。”

“如何费解？你照实说。”

在半七的瞪视下，弥三郎起初扭扭捏捏，最

终还是下定决心坦白了一切。原来小师傅去世月余之后，歌女寿忽然来访裱糊铺，将正在铺里干活的弥三郎叫了出去。她说想与他商量一下小师傅五七[1]祭拜时需准备的回礼，要他今晚去她家中一趟。当晚，弥三郎赴约，两人正商谈回礼事宜时，歌女寿忽然提出想让弥三郎成为自家赘婿，说自己倚仗的养女去世，膝下寂寞，觉得弥三郎可以信赖，希望他能入赘成为自己的养子。

且不说这提议着实唐突，自己又是家中嗣子，弥三郎自然婉言谢绝，告辞回家了。岂料师傅迟迟不肯放弃，此后也执着地纠缠弥三郎，用各种名头强行唤他出去。有一次，歌女寿在半道截住弥三郎，不由分说将他拉入汤岛的一家茶馆，给酒量小的弥三郎灌酒。歌女寿自己也喝醉了，姿态妖媚地又说些要他当她女婿当她丈夫的糊涂话。懦弱的弥三郎吓得直发抖，拼命推开她逃走了。

---

[1] 五七：指人死后三十五天。在旧时丧葬习俗中，人死后，生者每隔七天为他们祭祀或念经，有头七、二七等说法，直至七七四十九天结束祭祀。

“你是何时被拉去茶馆的？”半七笑着问。

“今年正月。三月末也曾在浅草与她偶遇，几乎被她强拉到某处，所幸最终被我甩开逃走。后来应该是五月末吧，日暮之后我去附近澡堂，洗完澡从男澡堂出来时，又正好撞上师傅从女澡堂出来。于是她又说有事与我商量，要我务必去一趟她家。眼看逃脱不掉，我只好随她一道去了。到了她家，发现格子门是开着的，长火盆前坐着一个男人。他瞧着比师傅年轻七八岁，年龄四十左右，肤色较黑。师傅见着那男人的脸大为惊诧，原地愣怔了半晌。有客来访对我来说可谓意外之喜，我借机急忙走了。”

“哦，原来还发生过这等事。”半七暗笑道，“那男人是谁，你半点不知？”

“不知。听婢女阿村说，那人似乎与师傅吵了一架走了。”

除此之外的事，弥三郎似是一无所知了。半七死了心，就此告辞。

“今日之事，你且不要外传。”

四

出了寺门，半七遇见了松吉。

“方才去头儿您家，说您来了这寺里，我就立刻过来了。昨日您吩咐了之后，我立刻去万年町方向调查，那一带好像没有卖护身符的小贩。后来我又四处探查了一番，今早终于在本所[1]一家廉价客栈里发现了一个，您打算怎么办？”

“大约几岁？”

“不知，约莫二十七八吧。据客栈老板称，他四五日前中了暑气，一直窝在客栈里，没去做买卖。”

这人与弥三郎口中的男人年岁不符，半七感

[1] 本所：地域名，今东京都墨田区町名，旧东京市本所区一带。

到失望。尤其他四五日前便在客栈卧床不起，那也没必要审问他了。

“那人是孤身一人，还是有同伴？”

“听说还有一人，今日一早往山手方向做生意去了，好像四十来岁……”

半七闻言，拍手说道：

“好。你先过去等那人回来，我随后赶到。”

于是松吉先行一步，半七再次急急赶往歌女寿家，发现婢女阿村与邻居一起去了火化场，家中只有两个陌生女人。半七想向阿村打听那个与歌女寿发生争执的男人的详细信息，便在此候了一段时间，可阿村迟迟未归。半七等得乏了，便去了源次家。岂料他妻子也抱歉地说，源次貌似在送葬的归途中绕去了别处，还未回家。半七与源次妻子闲聊几句，不久便听见上野钟楼[1]传来了四刻（上午十时）钟声。

---

[1] 上野钟楼：上野宽永寺的钟楼，建于宽文六年（1666），位于今上野恩赐公园内，上野大佛附近。

"若卖符小贩登上了山手，回来怎么也得午时过后了。"

半七琢磨着趁这空当儿再办两三件事，便快速离开了源次家。匆忙办完事，途中吃了顿午食后，半七在八刻（下午二时）近前来到了御厩河岸[1]的渡口，正等待前往本所的渡船时，后脚来了个头戴草帽、手着袖套、腿扎绑带、脚穿草鞋、皮肤黝黑的四十来岁的男子，脖子上还挂着个小箱子。半七立刻知晓这人是卖池鲤鲋护身符的小贩，饶是他见多识广也不由得窃喜。这一定是方才松吉口中的那个人，年龄也与弥三郎口中的男子吻合。然而没有物证，此刻也不能贸然亮明身份上前盘问。半七决定先弄清楚他是否要回客栈，然后再设法查探，此时不动声色地打量着男人隐在草帽下的神色。卖符小贩似是察觉了半七的眼神，故意走到柳树底下避开半七的视线，微微敞

[1] 御厩河岸：江户时期隅田川上浅草三好町（今东京都台东区藏前二丁目）一带河岸，因附近有幕府马厩而得名。此处有渡口连接对岸本所石原町。

胸，摇扇纳凉。

午后，有些阴沉的天空渐渐拨云见日，阳光照亮了驹形堂[1]的屋顶。今日无风，秋日的暑气仿佛也留在了河水中。对岸划来的渡船上，乘客们都将白扇或汗巾贴在额顶遮阳，阳光透过小姑娘的花阳伞映出的赤影也在船舷上随着波浪起伏。

渡船靠岸，卖符小贩不等船上乘客陆续登岸，抢先登船。半七也跟着上去。

“喂，要开船喽！”

船夫高呼一声，牵着孩子的妇人、看着像要去拜佛的婆婆、拎着中元节砂糖袋的伙计等五六个男女一窝蜂赶来，纷纷踩上摇晃的船舷登了船。少顷，渡船刚一离岸，那卖符小贩忽然认出了船尾的一个男人，拨开其他乘客走过去揪紧了那人的前襟。

---

[1] 驹形堂：建于隅田川驹形桥畔的佛堂。推古天皇三十六年（628），浅草寺本尊观世音菩萨示现宫户川（即隅田川），并在此地登岸而建此佛堂。驹形堂被视为浅草寺发祥的灵地。

“你这小贼，竟敢偷我吃饭的家什，也不怕池鲤鲋神降罪！”

被指认为小贼的也是个四十岁上下的男人，穿着土气的青色单衣。当着其他乘客的面，他自然不甘沉默。

“什么小贼……你别胡说！我偷了你什么？”

“少装蒜！你这张脸化作灰我都认得！厚颜无耻，瞧着就生气。看我不给你点颜色瞧瞧！”

卖符小贩抓着那人胸口用力推搡几下，男人则抓着小贩的手试图扭开。小船左右晃动，女人和孩子吓得哭了起来。

“别在船上打架，要打等靠岸再说！”

船夫喝道，其他乘客也纷纷出声劝阻。卖符小贩无奈松手，可脸色不善，似乎不打算善罢甘休，恶狠狠地盯着对方。

渡船在本所一侧靠岸后，半七敏捷地第一个跳上岸，接着是那个男人。卖符小贩紧随其后，再次试图揪住男人的袖子。男人一把甩开，正准备逃走，岂料已被半七按住了手臂。

“你干什么？！”男人试图挣开。

“老实点，公役办差！”

半七厉声喝道。男人霎时仿若丢了魂，直挺挺愣在了原地。正气势汹汹准备追赶的卖符小贩也不由得呆立。

“你被这人偷了什么？蛇吧？”半七问卖符小贩。

“正是。”

“你与这人跟我一道去警备所。”

半七拉着两人去了附近的哨所。正在门前泥地上铺蛤壳的警备所大爷见了半七等人，立刻放下怀中的笊篱，将几人引进屋内。

“喂，老实招了吧。”半七瞪视着那个男人，“你是御成道巷子里那位鬼师傅的相好或丈夫吧？久久没去露脸，甫一登门竟劈脸撞见师傅与一年轻男子拉拉扯扯。师傅见了你也没好脸色吧？你骂她不忠也好、薄情也好，心里吃味，与师傅大吵了一架，是也不是？由此，你生了歹意，从这个卖符小贩的箱子里偷了一条蛇，做了个局，没错吧？戏演得真好。你利用鬼师傅的坏名声，悄悄将其勒死，再将蛇缠上她的脖颈，假借什么养女复仇作祟，演了一出林屋正藏[1]的鬼故事，打算巧妙地骗过世人。若做了这等事还能平安无灾地在世上逍遥，那我们走夜路都不必提灯笼了，可惜没有这种道理。你给我从实招来！呵，你倒是镇定。你已是吞了烟袋油的蛇[2]——垂死挣扎，没得救了！你招不招？又不是嚼了江户的黄檗[3]，苦得开不了口。像吃饭时那样给我张大嘴说！王八羔子，听见没？再磨磨蹭蹭的，看我不揍你！”

“与现在不同，以往在警备所审案都是这个调调。”半七老人说。

“町奉行所另说。在警备所审问时，不仅捕吏和小卒，连八丁堀的公役们也都是劈头盖脸地整

[1] 林屋正藏：江户落语名家称号。

[2] 蛇吞下烟袋油后会拼命挣扎，不消片刻便会死亡。烟袋油，长年使用的烟管里积存的黄烟油，即尼古丁。

[3] 黄檗：俗称“黄柏”，落叶乔木，味苦性寒。

治犯人的，可不像戏里或评书中那般。犯人若是磨磨蹭蹭，真的会挨揍。”

“那男人招了吗？”我问。

“被我那么一唬，他像竹筒倒豆子一般全招了。那人本是上野寺中的一个和尚，年纪虽比歌女寿轻，却受她哄骗，最终被逐出寺门。大约十年前，他去甲州[1]还俗，却怀恋故乡江户，时隔经年回到这里，立刻便去了歌女寿家，怎料她薄情寡义，竟是不拿正眼瞧他。不仅如此，歌女寿还拉了裱糊匠的年轻儿子回家。和尚一见，万分恼恨，想伺机报复一番，便辗转于附近的廉价客栈，两个月间不断寻找机会，终于打听到歌女寿在去年养女死后便得了个‘鬼师傅’的名声。他本是和尚，自然联想到死灵作祟，于是他勒死师傅，还想到了用蛇来掩人耳目的‘聪明’法子。”

“那蛇是从卖符小贩那儿偷的？”

[1] 甲州：甲斐国。日本古代令制国之一，属东海道，其领域相当于如今的山梨县。

“他辗转本所的廉价客栈期间，正好有个卖池鲤鲋护身符的贩子也住了进来。他临时起意，偷了条蛇。若他没见到那条蛇，或许也想不出这法子，可见师傅与和尚互为彼此的不幸。接着到了盂兰盆节前，时值歌女代的一周年忌，手上又凑齐了条件，他便在半夜自厨房后门潜入房中，杀了师傅，又缠上黑蛇。如此按计划演了一出鬼故事。我最初怀疑婢女阿村，后来才知她当时睡得沉，完全没有察觉。”

“您是如何联想到要从池鲤鲋护身符贩子身上入手的？”

我想不通这点。半七老人又咧嘴笑道：

“原来如此，现在的人或许不晓得了。以前每逢夏季，便会不知从哪儿冒出许多驱蝮、驱蛇的护身符。最有名的当属池鲤鲋护身符，其余还有各种假符。卖符小贩们脖子上挂一个装了蛇的箱子，在人前用护身符按上蛇头，蛇就会缩回脖子。真正的池鲤鲋护身符不会显这种灵，但假符小贩平时便会驯蛇，听说是在符上插针刺蛇头，蛇吃痛便会缩回脑袋。习惯成自然之后，即使用纸触摸，蛇也会畏缩。小贩将训练好的蛇装入箱子带在身上走街串巷，当着客人的面拿活蛇展示护身符的‘灵验’，以此兜售假符。我一见到鬼师傅脖颈上缠的黑蛇，便觉得它有些孱弱，似乎不是普通的蛇。我忽然想起了假驱蛇符，便用手纸试探着按了一下它的头，它果然立刻缩回了脑袋，这便确定它是卖符小贩的蛇了。再以此为线索追查下去，便遇上了卖符小贩。嗯？你说那和尚？自然是死罪。”

“那卖符小贩又如何了？”

“他假借池鲤鲋神的名义招摇撞骗，贩卖假符，放到如今或许会受很重的刑罚，可在当时并不会如何。简单来说就是，谁叫你上当受骗呢？错的是自己。但那卖假符的似乎也感到心虚，我打量他的时候，他心里也七上八下的，就走远避开了。不仅池鲤鲋神社的护身符，往昔各种各样的护身符都有假货。”

“那池鲤鲋神社究竟在哪里？”

“在东海道[1]的三州[2]。现在应该也有信徒。哟，雨好像停了，外头热闹起来了。如何？你来都来了，不如出去转上一圈，去那些张灯结彩的地方瞧瞧。祭典嘛，就得晚上看。”

在老人的带领下，我参观了町中的种种装饰。当晚归家后，我翻开《东海道名所图会》，翻到三州池鲤鲋宿场那页，知立神社的介绍中详细记载了如下描述：松智院掌院神官所绘之除蝮蛇护身符，闻名遐迩，信者甚众；传闻将其置于怀中，那么夏秋时节穿行于山林中时，蝮蛇尽皆避退云云。

---

[1] 东海道：江户最重要的“五街道”之一，起于江户日本桥，沿途依次经过小田原宿、府中宿、滨松宿、宫宿等 53 个宿驿后，最终到达京都的三条大桥。

[2] 三州：三河国的别名，领域大约为今爱知县东部。

06
警钟之怪

一

十一月初某日，秋日阵雨将下未下之时，我睽违许久再度拜访半七老人。老人说自己去了四谷初酉市集[1]，此时手里拿着簪子大小的熊手，刚刚从市集归来。

“差点就让你白跑一趟了。来，请进。”

老人毕恭毕敬地将熊手供上神龛，接着便照例领我去了六叠房间。聊了一通过去与现在的酉市后，两人又讲起如今这个季节频发的火灾。许

[1] 初酉市集：东京都新宿区须贺町须贺神社会于每年11月逢酉日举行大鸟神社（位于须贺神社内）的大祭，称为酉市，与台东区的鹫神社酉市、府中市的大国魂神社酉市并称为“关东三大酉市”。11月的首个酉日举行的祭奠便为“初酉”，亦称“一酉”。酉市上分发一种竹耙形御守“开运熊手守”，传闻能够聚福，能护佑民众开运、生意兴隆。

是因为与自身职业有些渊源，老人甚为了解江户火灾之事。他说，纵火固然是重罪，但在往昔，火场盗窃亦是死罪。接着，老人便笑着如此说道：

“哎呀，世上总有出乎意料之事。此事有些忌讳，不便说出町名，但还是发生在庶民居住的下町。那里当时闹出了怪事，一时掀起大骚动。”

神田明神的庙会已过，连续几日天气寒冷，即便穿着夹衣，每日早晚也觉微凉。昏暗的烤甘薯铺前点亮一盏座灯，座灯的外壳上用粗笔浓墨写着“八里半”[1]三字，闪烁起朦胧的微光，照得澡堂的白烟更显浓郁。江户人一向畏惧火灾，此时，让他们胆寒的秋风自秩父[2]方向不断刮来。那年九月末至十月初，町中的警钟总会时不时鸣响。

---

[1] 八里半：意为烤白薯。因其滋味与板栗相近，而“板栗”在日语中的读音与“九里”一致，故有“八里半”之说。

[2] 秩父：位于埼玉西部、东京（江户）西北侧的秩父盆地，风景秀美。

“走水[1]啦！走水啦！”

众人慌忙奔出屋外，四下却不见半点烟火，着实感到莫名其妙。此事一晚上要发生一两回，时而甚至有三四回。有时响一声，有时响两声，有时甚至是连续钟响，昭示邻近处有火灾发生。警报钟声不仅响彻町内，还向四面八方传递警讯，惹得邻町也慌忙敲响警钟。救火队员则似无头苍蝇一般到处奔波。有时半夜钟响，此时即便是澡堂也早已熄炉，万不会升起烟雾，也不知究竟将什么错看成了火灾，委实莫名其妙。救火队也只得一头雾水地无功而返。最终众人都习以为常，料想定是有人犯浑捣乱。此事毕竟非同小可，故而对肇事者的追究也越发严厉。

无缘无故撞响警钟，惊扰将军脚下的江户，此中罪过之大自不必言。问罪时，首先挨问的便是町中警备所的当值人员。

“所谓警备所近似如今的派出所。”半七老人

[1] 走水：指火灾。

解释道。

“每个町内都有一处。武家町中的叫‘辻番’，由武家把持；在商家平民町的就叫‘自身番’，俗称‘番屋’，由町人负责运作。往昔都是由地主自家值勤，故而称‘自身番’。后来演变成一种合作运营，由一个头领统筹一切，再另配几名当值的男丁。大一些的警备所也有配备五六人待命的。当时的防火瞭望台建在警备所屋顶之上，若有火灾，所中值勤男丁或町门看守便会撞响警钟。故而，若警钟有误，首先担责的便是相应警备所里的人。前述故事涉及的是一个小警备所，头领叫佐兵卫，只有两名专职手下。

佐兵卫是个五十来岁的单身汉，一到冬天总要为疝气所扰。两个手下分别名为传七和长作，亦都是四十多岁的单身汉。由于此三人为此事的责任者，遭受町中差役的严厉呵斥，故而决定每晚交替上防火瞭望台警戒。在他们通宵达旦的严密戒备期间，警钟再未有什么异样。可当他们日渐放松警惕，开始偷懒之时，警钟便似训诫其懒惰一般自顾自地咣咣响了起来。町中差役也曾当着众人的面进行检查，发现警钟并未有任何异常。警钟兀自作响之事亦只发生在夜间。

虽然当时的民众有诸多迷信，但也并不觉得警钟会自撞自响。尤其在有人严加把守之时，警钟从未响过，因而人人都认为是有人犯浑捣乱。众人认为，如今冬日将近，民众越发畏惧火烛失事，如今定是有人存心吓唬大伙才做下此等浑事。由于不知犯事者是谁，众人心中也无法踏实。亦有人担忧，即便这果真是某人的恶作剧，若任它如此夜夜持续，最终或许真会引来大火。有些性急之人已然收拾好家当物什，以便随时撤离，亦有人将家中老人送至远方亲戚家中暂避。就连焚烧一根麦秸燃起的青烟都让町人感到刺眼。人们高度紧绷的心弦已如芦苇嫩叶一般动辄颤抖不已。事已至此，一切已无法只仰仗警备所男丁和町门看守那群昏聩老头。町中的架子工自不必说，连年轻人都几乎全部出动，每夜以防火瞭望台为中心，于町内严加防范。

闹事者仿佛畏惧这种大张旗鼓的戒备，之后五六日未曾敲响警钟。十月大法会[1]那几日，寒雨连绵不断。这段时日警钟擅鸣之事已停息了一阵子。加之每日下雨，众人内心有所松懈，町内警戒自然也就懈怠了。谁知，意外的灾祸就如瞅准时机一般落在了某个女子头上。

此人是住在町内巷中的一个年轻女子，名为阿北，昔为柳桥[2]艺伎，后被日本桥附近一家大商铺的掌柜赎身为妾，安置在此地一栋雅致的小宅院里。那日白天老爷造访，当日五刻（晚间八时）左右才归家。此后，阿北便去附近的澡堂洗浴。阿北洗浴颇费了些时间，归家时已是五刻半（晚上九时）。如此雨夜行人稀疏，大街上的店家有半数已然关闭了大门。雨丝中夹杂着些许寒风。

阿北正要拐进巷子时，手中雨伞忽一下如石

[1] 十月大法会：由于日莲上人圆寂之日为10月13日，故而日莲宗诸派寺院每年均会于此日举办法会。

[2] 柳桥：当时存在于柳桥附近的一条花街，位于现东京都台东区柳桥一丁目，拥有繁盛的艺伎文化。

头一般沉重。阿北顿觉古怪，便略微倾伞，岂料这油纸伞竟刺啦一下裂开了。紧接着不知从何处出现一只看不见的手，一把揪住阿北的三轮髻[1]。阿北惊呼一声，一个踉跄踩空了水沟盖板，栽倒在地。近邻听见惊呼声赶来时，阿北已经晕了过去。原来是弹起的盖板重重撞上了她的侧腹。

众人将她抬进家中，细心照顾，阿北这才悠悠醒转。她当时深陷惊恐之中，记忆恍惚，只告诉众人说雨伞忽然变沉，兀自开裂，紧接着自己便不知被谁揪住了头发。于是町中骚动越发扩大。

“町里有妖怪出没！”

如此传闻一传十十传百，惹得妇孺之辈一旦日落便闭门不出。就连平素熟悉的上野和浅草的报时钟声，也如妖魔临世的征兆一般让女子与孩童胆战心惊。正当此时，又一事件发生了。

时值阿北被“隐形妖怪”吓到的第五日，初

[1] 三轮髻：江户时代后期至大正时期富豪的妾室常梳的发髻。外形与丸髻相似，但绾发方式为银杏返髻与丸髻的结合。

冬连日的冷雨终于放晴，每处水井边都聚满了忙于洗衣的妇人。家家户户的晾衣杆上挂满了红衣白袖，衣裳在冬日的晴空下随风摇曳。到了日暮时分，晒在外头的衣物渐次减少，只剩印章铺外的晾衣杆上的两件小儿衣物，袖子如残留在正月黄昏中的风筝一般，凄凄冷冷地迎着风。老板娘打算将它们留在外头晾一夜。谁知那衣裳竟自己走起来了。

“喂、喂，快看那衣裳……”大街上的人看见之后叫嚷起来，引得附近的人都出来仰头往上看。只见一件红衣如游魂附体一般离开晾衣杆，在苍茫的夜色中飘荡徘徊。它并非随风而动，而是如长了脚一般沿着这家屋顶走到那家屋顶。众人惊疑不定，一下吵得沸沸扬扬。有人拾起石头砸了过去。那红衣则似受了惊，竟快步奔跑带起衣角翻飞，最终消失在了当铺高大的土墙仓房背后。印章铺的老板娘吓得面无血色、哆哆嗦嗦。

此事惊扰町中后，那红衣被人发现挂在了当铺后院高高的树枝上。对此，众人的看法分为两派。从阿北受惊事件来看，此事好像是肉眼看不见的妖怪在作祟；可从印章铺衣物被掳事件来看，此事却又像是人为。当然，后者虽没有人看见幕后真身，却也不难想象那衣物背后躲着东西。案犯究竟是妖怪还是人类？正当两方争论不休之时，忽然出现了佐证后者说法的有力证据。町中铁匠铺有个叫权太郎的学徒，性格顽劣。事发那日傍晚，有人曾见他攀爬当铺邻家的围墙。

“一定是阿权那浑小子干的。”

大家不由分说，均认定了惊扰众人的恶徒就是权太郎。权太郎今年十四，确实是町中有名的顽童。

“这小子实在犯浑！太对不起街坊邻居了。”

他狠挨了一顿师傅和兄长的打，接着被拉到警备所反复赔罪，可权太郎却不肯认罪。他坚称自己潜入当铺隔壁院子只是为了偷摘看似美味的柿子，并未做下撞响警钟、掳走晾晒衣物等浑事。他越是坚持，便越遭人恼恨，最终在警备所里又挨了顿棍棒。此后又被缚住双手，丢进了六叠木地板房里。

二

如此，事情暂告一段落。谁知方才安下心来的町中居民，在当晚竟又为警钟声所惊。警钟仿佛要证明权太郎的无辜，铿锵作响。钟锤前阵子便已卸下，也不知是谁用什么方式敲的，总之警钟又如以往一般响了。

事情至此，众人已渐渐偏向于相信撞钟者并非活人了。町人又开始惊惶，再度倾巢而出看管防火瞭望台。严加防范期间，警钟便会老老实实陷入沉默。可警戒一旦松懈，警钟又会立刻响起。这种状况持续了近一个月，町人们也被搞得叫苦不迭，不知该如何是好。

“最近天可真冷啊。”

“哟，是半七头儿啊，快来这边坐。”

今日正好轮到警备所地主轮值，他挂起笑容

将半七迎了进来。当天正巧如今日半七老人讲故事时一般，是十一月初的秋日阵雨将落未落之时，屋内的大火炉中炭火烧得正旺。半七进入屋内，伸手烤火取暖。

“听说这里最近闹得慌？真叫人担忧。”

“您也大致听说了吧？这事着实让人头疼。”地主皱眉说道，“头儿，您可有想法？”

“这个嘛……”半七歪头思忖道，“其实我也不清楚个中详情，但约莫不是那个叫阿权的顽劣小子吧。”

“当日绑了阿权后，警钟还是响了。没法子，只好先将阿权放回他师傅家去了。”

自地主口中得知这阵子以来的详情后，半七闭上眼睛，陷入思索。

“我眼下也没什么头绪，总之先设法查查看吧。本想早些过来的，但身负其他要事，一个耽搁便来迟了。我想先瞧一瞧那出问题的警钟，可否让我爬上屋顶看看？”

“当然，当然，请！”

地主率先走了出去。半七在瞭望台上仰头观望挂钟的梯子，略略思索一番后，便身手矫健地爬了上去。检视过警钟后，又下了梯子在屋顶上环顾四周。离瞭望台大约三户人家之外有一窄巷，传闻中撞见妖怪的外室阿北便住在巷子中部。巷尾有一片相当大的空地，其中一角有一座古旧的稻荷神社。空地上有附近人家的男童正在打陀螺。出巷子时，半七偶然一看，发现阿北家门前贴了招租的告示。地主在旁解释，那外室胆小，受妖怪惊吓后的第三天便匆匆搬走了。

接着，半七去了铁匠铺。自铺门口往里偷觑一眼，只见在貌似大师傅的四十来岁男人的指挥之下，三个铁匠正将灼热的铁链敲得火星四溅。地主告知，站在一旁心不在焉地用风箱鼓风的小学徒便是前几日吃了苦头的权太郎。权太郎一张方脸被熏得漆黑，一双大眼炯炯有神，一看就像个爱捣蛋的浑小子。

“今日多谢您了。眼下我还有别的事要办，先行告辞，两三日内定会再来。”半七辞别地主离开了。

由于忙于其他案子脱不开身，本来说好两三日内来一趟，结果延长为四五日后，半七仍未能再次踏足那里。而在这四五日间又有许多事情发生，惊诧了町内众人。

首先受惊的是町内烟草铺的女儿阿笑，今年十七岁。阿笑前去探访本所的亲戚，归来时已是六刻半（晚上七时）左右。冬季的日头早已下山，轻盈的尘沙被北风裹挟着飘扬在半空，在昏暗的夜色下也能望见一片白影。越接近这阵子各种怪事频发的町内，年轻姑娘的心口便跳得越厉害。阿笑含胸垂首，紧抱双袖，心中懊悔该早些踏上归途，脚下则踏着碎步快速往前走。这时，背后忽然传来一阵轻微的响声，像是有人正如自己一样踏着碎步跟在后头。阿笑全身有如凉水劈头泼下，寒毛直竖，却不敢回头查看，只得加快脚步往前走。即将拐过街角进入町中时，一阵寒风正好卷起白沙，打着转儿自阿笑脚边扬至胸口。阿笑下意识用两袖遮住脸孔。此时，身后那可疑东西竟立刻如旋风般接近，一下撞倒阿笑。

当附近人家循着惊呼声赶过来时，阿笑已然昏厥过去，头上的岛田髻被抓得乱七八糟。阿笑只是膝头有些擦伤，并没有别的伤处。由于惊吓过度，她苏醒后仍旧神色恍惚，当晚便发了热，在榻上躺了三日。

罪魁祸首究竟是人是妖？众人之间议论又起。当初目击铁匠铺权太郎攀爬当铺邻家围墙的便是这阿笑。会不会是那爱捣蛋的小子因阿笑告密而在警备所吃了苦头，此番为了报复而尾随她身后？但是，这种怀疑很快被排除。因为权太郎的师傅出面做证，案发当时权太郎就在铺上。除此之外，亦有别人声称看见权太郎当天夜里在铺上干活。不论权太郎如何顽劣，只要他无法分身，此次事件便无法怪到他头上。最终，这件怪事便没个说法，不了了之了。

“入夜后绝不可出门。”

此后，妇孺之辈在日落之后再不敢轻易出门。没承想，此等意外之祸竟又降临在了男人身上。

受了这第二波攻击的正是警备所的头领佐兵卫。佐兵卫先受冬季袭扰，自上月末便苦于疝气这一经年旧疾。然而近期町中多事，町中差役每日均须集会，他只得尽量忍痛参加。最后实在支撑不住，白日里尚可怀揣温石[1]缓解痛楚，可日头一下山，夜里寒气便丝丝钻入腹中，他只能抱着绞痛的腹部在火炉旁不断呻吟。

“要不要叫大夫来看看？”

手下传七和长作看不下去，问道。

“不用，我再忍忍……”

警备所老叟和町门看守之流大多节俭。佐兵卫不想付诊金，想尽量用成药对付过去。但夜深之后疼痛越发剧烈，他已顾不上计较金钱了。即便如此，他依旧不想唤大夫出诊，而要自己上大夫家。

“那我送你去。”

---

[1] 温石：平安时代末期至江户时代一种取暖用具，加温石块后以丝绵、布块等物包裹后可放入怀中，用以胸口、腹部的取暖。

于是传七陪他前去。传七照顾着因腹部剧痛而无法正常行走的佐兵卫，费劲走出大门，只见町中已降了一层夜霜。传七搀着病人，进了邻町大夫的家门。大夫开了药，叮嘱病人注意保暖，卧床静养。两人谢过大夫准备离开时，时辰已近夜里四刻（晚上十时）。

“你们町中这阵子不太平，回去时务必当心。”临走之际，大夫嘱咐道。

他这一句好心提醒却又唤起二人心中一阵寒凉。归途中，佐兵卫也被传七搀着走。

“趁町门没关前赶紧回去吧。否则劳烦看守再开一趟也麻烦。”

今夜无风亦无月，静得仿佛听得见霜降。町中还点着灯的人家已寥寥无几。佐兵卫压按着下腹，弓着背往前走。二人进了町门，才往前走了两三户人家，忽见一个黑影自当铺天水桶后冒出。未及辨清来者是谁，那黑影已如爬行一般扒着地飞奔而来，猛地抄起佐兵卫的脚。弓背捂肚的佐兵卫猝然滑倒。素来胆小的传七惊叫一声，撒腿便逃。

听了这胆小鬼的报告后，长作拿着棍棒提心吊胆地出来。传七也拿了家伙返回原地，发现当时的黑影已没了踪影。至于佐兵卫，他在滑倒时磕伤了膝盖，此外左额上也有一个似乎是石头砸的伤口，也不知是对手打的还是自己磕的。

事后一查，那晚也有确凿的证据证明权太郎没有外出。如此，顽童权太郎身上的嫌疑愈来愈小，与此同时，众人对频发的怪事的疑虑则越发浓厚。据胆小鬼传七所言，佐兵卫遇袭之事乃河童所为。可众人皆道町中不可能出现河童，谁也不肯相信。

“十有八九是人为的。”

近段日子，常有人家中食物遭窃。案犯吓唬阿笑的手段也好，袭击佐兵卫的手段也罢，那“妖怪”身上的人味已愈来愈浓，这一点任谁都会赞同。众人皆道，定是某个权太郎以外的捣蛋鬼混进了町内，于是再次全员出动，每晚严加警戒。

三

自那之后，警钟再也没响过一声，依旧一副事不关己的模样高高挂在冬日的半空中。

阿北家搬来了租户，结果只过了一晚便急急撤走，说是家中座灯半夜忽然熄灭，有人抓着女主人的头发硬将她往被褥外面拽。然而家中并未有东西失窃。租户怀疑有东西躲藏在这空屋中，便在房东的见证下搜了全家，可惜最终也未寻到罪魁祸首。

“难道真是妖怪？”

如此流言又起。町人完全不知该如何制止这场不知是妖还是人闹出的祸端。虽然空中的警钟不再响了，地上的怪事却没个消停。

这次沦为牺牲品的是看守的媳妇阿仓。

“看守……如今的年轻人或许不知道吧。”半七老人解释道，“往昔所谓的看守，也便是‘番太郎’[1]……简单来说便是承担町中杂务之人，每日的职责是打着梆子报时。看守家大抵都在警备所隔壁，家中卖些草鞋、蜡烛、煤球、茶色团扇之类的杂物，也可以说是个杂货铺。除此之外，夏季还会贩售金鱼，冬季则贩售烤白薯，总之不是什么大生意，惹得人戏称‘番太郎和八幡太郎[2]，差之毫厘，失之千里’。因他们什么都卖，故而多数人都能攒下不少钱。”

那看守家隔壁是家小笔铺。傍晚六刻（傍晚六时）过后，笔铺老板娘忽然有了产兆。家中只有夫妻二人，丈夫手足无措，急得团团转，阿仓便立刻出门去请稳婆。为人跑腿收些赏钱，这也算看守媳妇贴补家用的法子。阿仓胆大，加之眼下日头刚落山不久，町中这阵子防范也严，她毫

[1] 番太郎：亦称“番太”，为江户时代对町、村中负责守门、值夜之人的称呼。此处翻译为“看守”。

[2] 八幡太郎：源义家。日本平安时代后期著名武将，英勇善战，被白河法皇誉为“天下第一武勇之士”。

不在意地穿着木屐便跑了出去。稳婆家在四五町外，阿仓一个劲赶路。今夜天色也阴沉沉的，两侧人家的灯光朦胧照亮狭窄町中。阿仓催促稳婆赶快上路。稳婆应下，与阿仓一同往回赶。

稳婆今年已六十好几，走不快，用头巾包着脸，腿脚沉重。阿仓只得忍下心中焦躁，配合稳婆的脚步。结果稳婆口中絮絮叨叨净聊些有的没的，心烦意乱的阿仓心不在焉地敷衍几句，拉起稳婆疾步往回赶。町中灯火已近在眼前。

阿仓所住的町与邻町交接处有一段两侧净是土墙仓房的路，接着便是木料铺宽阔的木材堆放场。道路两头的灯火照不到此处，这十间左右的距离中横亘着漆黑的冬夜。要进入自己町中，阿仓必须横穿过这片黑暗。她心中想着前阵子的晚上，烟草铺的女儿遭难的地方亦是这一带，于是催促稳婆加快脚步，岂料堆放的木材阴影处忽然蹿出一个类犬的影子。

“咦，什么东西？”

由于拉着一个步履蹒跚的老人，阿仓无法立

即跑开。胆大的她便凝神紧盯夜幕那头，想看清来者真身。此时，那不明怪物弓背弯腰，忽然擒住了阿仓的腰。

“你干什么？！”

阿仓一把将之狠狠甩开，岂料对方又冲上来攥住了她的腰带。眼见腰带松松垮垮地往下掉，阿仓有些急了，大声呼喊叫人。稳婆也哑着声音呼救。那怪物似也被町人听见呼声后赶来的足音所惊，在阿仓右脸上挠了一把便逃了。阿仓追了两三间距离，可对方健步如飞，一晃便没了踪影。

“那绝对不是妖怪，一定是人！虽然因四周漆黑没能看清，但应该是个十六七岁的男子。”阿仓说。因为有胆大的阿仓的证言，众人终于确信那“妖怪”其实是人，但依旧不知那人是谁。

既然是人，那便有法子将其捉拿归案。于是町中差役们都聚集至警备所，商讨抓捕那浑人的法子，谁知此时又传来了古怪的报告。此事发生在阿仓遭遇歹人大约半个时辰之后。之前曾被掳走晾晒衣物的印章铺厨房上方传来咕咚咕咚的响声，老板娘以为是野猫或老鼠作怪，便赶去厨房，嘴里发出“嘘！嘘！”的声音准备将之赶跑，谁知屋顶的响声并未停止。前阵子方受过惊吓的她立刻心中一跳，也许是出于对怪异事物的好奇心，她竟解开天窗拉绳，提心吊胆地打开了窗子。甫一打开，她就瞧见了什么东西，紧接着惊叫一声又摔进了屋里。

老板娘哆哆嗦嗦地说，当时她正要偷觑屋顶，不料窗外竟忽然出现了一双发光的眼睛。她不敢再去窥伺，仓皇逃进了屋内。

接到她的报告后，众人又疑惑不解。

“看守他媳妇说的不可信。案犯可能不是人。”今夜的讨论依旧在茫无头绪中结束了。

就在此种忐忑与混乱的交杂中，半七解决了手头上的案子。本想今日着手警钟事件的调查，不想上午家中来了客人，半七没能出门。八刻左右（下午二时），半七离开神田家中，来到了在被诅咒的警钟俯视之下的昏暗小町。

“不知是否是错觉，总觉得这町阴森森的。”

半七想。

今日虽然无风，但冷得刺骨。偶有微弱的日光侥幸洒下，却又立刻像被吹熄一般消散。大白天的如此阴沉，连乌鸦都仿佛觉得疑惑，连声叫着飞过上空，好似要赶着回巢。半七将手揣在怀中，先来到町内铁匠铺前。只见铺里胡乱飞出大大小小的柑橘，一群小童拾得正欢。半七立刻想起今日是十一月初八风箱祭[1]。半七隔着孩子们往铺里瞧，只见铁匠师傅正兴致勃勃地往街道上抛柑橘。其他工匠和权太郎正忙着将笸箩里的柑橘搬进铺里。

半七绕至警备所，一边与地主闲聊，一边等铁匠铺撒完橘子。地主自顾自地抱怨，在警钟事件未能解决之前，自己必须每日来警备所轮值，

[1] 风箱祭：“鞴祭”，“鞴”在日文中专指鼓风用的风箱。风箱祭是旧时铁匠、铸造师、刀匠等使用风箱的职业所过的节日。旧历中每年的十一月初八，工匠们为了慰劳平素赖以生存的风箱，会在此日停工一天，以此祈祷用火安全和生意兴隆。同时，人们认为在风箱祭食用柑橘就不会患上风寒，故而会在门前抛撒柑橘，招待附近的孩子。

若事情不能尽快解决，自己可就头疼了。

“您不必担心。这几天内，我定会寻出些眉目来。”半七抚慰道。

“那可就有劳您了。这天愈来愈冷，江户又容易走水，这警钟骚动着实令人坐立不安。”看来，地主委实忧愁得很。

“这我能理解。不必忧心，再坚持几日便好了。等铁匠铺的风箱祭一结束，您能否替我把那小学徒叫过来？”

“难道兜兜转转，果真还是那小子干的？”

“不是。只是有话想问问他罢了。还请您别太吓唬他，悄悄带他过来。”

大街上的柑橘愈来愈少，孩子们也自铁匠铺前散去，地主便过去唤权太郎。半七吸着烟眺望外面，只见灰蒙蒙的云层越发厚重，妖魔一般的黑云在上空迅速飘动。外头传来海参贩子倍显冷寂的叫卖声。

“这是神田的半七头儿，赶紧乖乖见礼。”地主将权太郎拉至半七面前坐下。许是因为今天风箱祭，权太郎并未穿平时黑色的工服，而是穿着整洁的平纹棉服，脸蛋也没那么黑。

“你就是权太郎？你师傅眼下在做什么？”半七问。

“在准备喝酒庆祝。”

“既然如此，看来眼下你也没什么事。今日撒柑橘，你抢到了吗？”

“抢到了十来个。”权太郎晃了晃有些沉的袖兜。

“是吗？总之在这里不好说话。跟我去后面的空地吧。”

出了大门，天空啪嗒啪嗒下起了雪霰。

“啊，下雪子儿了。”半七望一眼昏沉的天空，“不打紧，你快跟我来。”

四

权太郎乖乖跟着。半七走入巷道，站在稻荷神社前的空地上。

“喂，权太郎，你当真一次也没碰过那警钟？”

“全然与我无关。”权太郎平静地回答。

“拿印章铺晾晒的衣裳胡闹的也不是你？”

权太郎同样摇头。

“吓唬之前住在这里头的外室的可是你？”

权太郎依然说与自己无关。

“你可有兄弟或交好的朋友？”

“没有称得上交好的朋友，但有个大哥。”

“你兄长几岁？住在哪里？”

雪霰愈下愈急，半七有些受不住了。他扯着权太郎的手，来到从前阿北住的空屋屋檐下。大门并未上锁，一拉便开了。半七进屋，来到玄关处，用手巾擦了擦能够掀起的踏板，坐了下来。

“你也来坐。继续说，你大哥还住家中吗？”

“他今年十七，在木屐铺干活。”

权太郎说，那木屐铺就在五六町外。当说到母亲在父亲去世后不久便没了踪影，此后家中只有兄长与自己，有如孤儿一般时，眼前这顽劣小童的声音也消沉了下来。半七不禁有些同情。

“这么说，如今只有你们兄弟俩相依为命？你大哥可疼你？”

“嗯。每次休假回家，大哥都会带我去阎魔堂拜拜，然后给我买许多好吃的。”权太郎自豪地说。

“那确实是个好大哥。你很幸福。”说着，半七忽然话锋一转，恫吓似的盯着权太郎的脸。

“若我现在就绑了你大哥，你当如何？”

权太郎立时哭了起来。

“大伯，你饶了我们吧。”

“做了坏事，自然要被绑。”

“可我没做坏事也被绑了起来。实在是气不过，才会……”

“才会如何？哼，别瞒了，老实招供吧。我怀里可是揣着捕棍的。是你心里气不过，才求你大哥做的事吧？赶紧从实招来！”

“不是我求的大哥，是大哥说他们太过分，气不过……大哥说无辜之人却要如此受罪，岂有此理。”

“那是因为你平日里犯浑！那日你本就想偷柿子，是也不是？”

“我还是个孩子，那算得了什么？叱骂一顿也就够了。况且，若是师傅揍我，我尚能忍受，可警备所的人一个劲拿棍棒打我，还将我绑起来。大哥说了，除非犯了大事，否则不可随便绑人的！”权太郎含着泣音颤抖着说，“事到如今，我便全说了。是大哥说他们欺人太甚，这才为我撑腰报复了回去。告密说我攀爬围墙的是烟草铺的臭丫头，绑我揍我的是警备所的糊涂老头儿。大哥说，要让他们都吃吃苦头！”

“这么说来，烟草铺女儿、警备所佐兵卫，还有看守媳妇的事，都是你大哥下的手？”

“大伯，您饶了我们吧。”

权太郎又大声哭了起来。

“大哥没错！大哥只是帮我撑腰而已。你要绑就绑我吧！大哥一直很疼我，所以我代他受罚，好不好，大伯？你饶了大哥，绑我吧！”

他瘦小的身躯缠着半七，哭着求道。

半七也鼻头一酸。町中有名的顽童，心底竟怀着如此美好而惹人怜爱的真情。

“好，好，我饶了你大哥。”半七和蔼地说，“刚才的话只进了我的耳朵，我不会说出去。接下来我要你做什么，你就要做什么，你可答应？”

对方的回答自不待言，权太郎发誓自己什么都愿意做。半七凑到他耳旁悄声说了几句。权太郎点点头，立刻走出门外。

雪霰又下了一阵才停，云幕越发低垂，寒峭的影子笼上地面。虽然是白天，但是家家户户都鸦雀无声。连平素来垃圾堆翻找食物的狗都不见踪影。悄悄离开空屋的权太郎蹑手蹑脚来到稻荷神社前，从袖兜里拿出五六个风箱祭上抢到的柑橘，轻轻滚入木格窗缝隙中，自己则如蜘蛛一般趴伏在泥土地上，极力屏气敛息。

半七则在空屋里坐了一阵，迟迟不见权太郎回来报告，等倦了，也便悄悄走了出去。

“喂，权太郎，什么也没逮着？”半七小声问道。权太郎匍匐着身子抬起头，然后左右摇了摇。半七有些失望。

雪霰又开始沙沙下起来，半七慌忙拿手巾蒙在头上，接着看权太郎依旧顶着雪子儿老实趴着，心中不忍，便招他过来。权太郎便悄然起身过来了。

“稻荷神龛里没有响动？当真一点动静也没有？”半七又问。

“嗯，当真一丝也没。里头好像什么都没有。”权太郎也失望地低声回答。二人回到原来的空屋。

“你那儿可还有柑橘？”

权太郎从袖兜拿出三个柑橘。半七接过，然后悄悄拉开身后的隔扇门。只见入口处是间二叠房，隔壁似乎是一间三叠左右的下人房。半七爬进二叠房，打开最里头的纸拉门，便见一间整洁讲究的六叠房。虽然光线昏暗，但半七仍旧看见房间通往外廊的隔扇门损毁严重，木骨架和糊纸都破得厉害。骨架各处都有折断之处，门上糊的白纸也似遭人撕裂。半七往那六叠房中滚进两个柑橘，又拉开下人房的门抛入一个柑橘，最后将入口的拉门关实复原后，回到玄关处。

“别出声。”他嘱咐权太郎。

两人屏气凝神严阵以待。外头落雪霰的声响又停了。屋里没有传来半点响动，权太郎等得有些不耐烦了。

“莫非也不在这儿？”

“叫你别出声……”

话音未落，屋内便传来了轻微的沙沙声。两人对望一眼，心想应当是有东西钻过破损的拉门，潜进了六叠房。那足音像猫，抓在草垫上发出沙沙响声，愈来愈近。侧耳倾听，那东西似乎正拿着半七抛下的柑橘大快朵颐。

“小畜生。”

半七笑着向权太郎使了个颜色。两人手里拿着草履，一齐拉开隔扇门，紧接着一脚踹开第二扇纸拉门，双双跳进六叠房中。只见昏暗中躲着一只野兽。野兽发出怪异的叫声，抓破纸门企图冲出外廊。半七紧随其后，将手中草履一把拍在它头上。与此同时，权太郎也扑了过去。野兽似已失了分寸，露出白牙朝权太郎扑来。此时，大概是平素犯浑时练就的本领立了功，权太郎三下五除二，毫不费力就扭住了那奇怪的野兽。那怪物发出可怖的嘶吼声。

“权太郎，加把劲！”

半七出声鼓劲，同时取下蒙在头上的手巾，自背后缠住了敌人的咽喉。咽喉被绞，野兽越发虚弱，不停挥动四肢，不断挣扎，终究被权太郎按住。机灵的权太郎解下自己的腰带，麻利地将它捆了起来。趁此期间，半七撬开通往外廊的木板滑门，阴天朦胧的光线洒进空屋中。

“畜生，果然如我所料。”

遭权太郎生擒的怪物是只大猿猴。权太郎的

脸颊与手脚上有两三处抓痕，昭示着他与怪物的英勇搏斗。

“没事。这点小伤，一点也不疼。”权太郎颇为得意地望着自己捕获的猎物。猿猴没死，正瞪着恐怖的双眼怒视二人。

“我们若是宫本武藏之流，便能以制伏猿猴之功在戏曲、评书中大出风头喽。”半七老人笑道，“接着我们将那猿猴扭送到警备所。大家大吃一惊，全都出来看热闹。你问我为何料定犯案的是猴子？那是因为我登梯查看警钟时，瞧见了许多野兽抓痕，看着怎么也不像猫儿留下的。我便忽然想到，这莫非是猴儿干的好事？跳上外室小妾的伞也好，掳走晾衣杆上的衣物也好，怎么看都像是猴儿会干的事。至于那猿猴的藏身之地，我本以为是稻荷神社，不想竟猜错了。不过我想，它最初应当是藏在神社里偷吃供品，身形长大后便开始四处捣乱。随后那外室家空置，它便换了巢，之后又接连捉弄人。可怜权太郎，平日里犯浑，此番遭了报应，竟平白无故吃了大苦头。不过他大哥的事只有我知晓，一切都赖到了那猴子头上。权太郎自打捉住了猴子，便开始受町人疼爱，最终成了能独当一面的铁匠。”

“那猿猴究竟是从哪里来的？”我问。

“这事说来可笑。那猴儿本是在向两国演猴戏的，不知怎的竟逃了出来。此后也不知跑过谁家的瓦，钻过谁家的屋檐，来到这町内，最终闹出了此番骚动。事后深入一查，发现那猿猴竟是个旦角，演《八百屋阿七》的。你说有趣不有趣？它平素就惯于攀爬防火望楼，擂响警戒大鼓，逃出来后便爬上防火瞭望台，打响警钟。那猴儿把这当演戏呢，这谁受得了？哈哈哈。我办了这么多年案子，逮过各式各样的罪人，可这次竟绑了只猴子，着实令人笑掉大牙。”

“那猴儿最后如何处置了？”我经不住好奇，又问道。

“饲主罚了一贯钱，猴儿以惊扰世人之罪流放远岛，自永代桥搭船送到八丈岛去了。对它来说，与其拘在戏棚里，不如还是放逐野外吧。它是畜生，岛上的守卫必然不会对它多加管束，定是放任它而去的。”

猴儿流放远岛——听了如此奇闻逸事，我深觉今日来这一趟着实不亏。

07
茶摊女夜梦

一

八月盛暑，我结束半个多月的避暑之旅回到东京，带上些伴手礼聊表心意，登门拜访半七老人。老人说自己方才泡澡归来，如今正盘腿坐在外廊的草席上，拿着团扇呼呼扇风。傍晚的凉风穿过狭小的庭院。邻家窗口传来蝈蝈的叫声。

"虫子里头，最有江户风味的便是蝈蝈。"老人说，"它虽价格便宜，或许也是所有虫子中最下等的，但比之金琵琶、蛉虫，不知为何它就是更有江户风情。走在大街上，若听见哪家的窗户或屋檐传来蝈蝈的叫声，便会油然忆起江户的夏日。我这么说或许会遭虫贩子怨恨，可金琵琶、金蛉子这些虫子价格虽高，却没有江户的味道。用如今的话说，最平民、最有江户风情的虫子绝对非蝈蝈莫属。"

老人滔滔不绝地讲起虫子经，盛赞一只三钱左右，如今至多只能充当幼童玩物的蝈蝈。接着又推荐说，若我要养虫子，那便养蝈蝈吧。说完虫子，老人又讲起了风铃，接着又聊到今晚是新历八月十五夜。

"如今改用新历，八月还热得很。此时若是旧历，应当早晚都很凉了。"

接着，老人又讲起往昔赏月的事，当中讲起一个事件，又给我的笔记添了一则记录。

文久二年（1862）八月十四日傍晚，半七比往常早一些回家。用完晚食，正打算去近邻的呈会[1]上露个面时，有个梳着丸髻、四十来岁的女人突然来访，神情看着甚为愁苦。

"头儿，久疏问候。见您如往常一样乐呵呵的，

---

[1] 呈会：一种民间互助形式，每次参加时每个成员出资一定金额，并将此次集会收集的资金总额以利息竞标或抽签的方式全部交给其中一个成员使用，第二个月的资金总额则给另一个成员使用，如此持续直到所有成员皆轮过一次后，此次呈会便告结束。原则上每一次呈会中，每个成员收到的金额应当是相等的。

真是太好了。”

“哟，原来是阿龟婶，许久不见啦。阿蝶丫头如今也出落得越来越标致了。听说她手脚勤快，你这当娘的也能安心喽。”

“不，其实今夜我来，就是为了阿蝶的事。我们实在想不出法子了。”

见这四十岁的女人额头布满皱纹，半七大抵已猜出一二。阿龟与今年十七岁的女儿阿蝶一同在永代桥边经营茶摊。阿蝶长得秀丽，虽沉默寡言，有些沉闷，但也十分吸引年轻客人。生了一个如此美丽的女儿，阿龟也备感自豪。若说这小姑娘能让阿龟犯什么难，半七大抵也能想象到。定是生性孝顺的阿蝶寻到了比父母更重要的人，母女间因此生了龃龉。半七心想，既然干的是茶摊这种待客行当，当娘的唠叨太多未免太不知趣。

“怎么？莫不是阿蝶丫头有了情郎，给你这当娘的添麻烦了？哎呀，若是些小事不妨宽容些。年轻人嘛，平日若没点乐子哪有劲干活。你这当娘的当年不也体验过？还是不要唠叨太多为好。”

半七笑道。

阿龟闻言没有半分笑意，盯着半七的脸说道：

“不，头儿，完全不是这事……若真只是阿蝶有了情郎，我便也如您所说，只消不出大事就不会追究。可眼下这事委实让我为难……阿蝶自己也怕得发抖，哭哭啼啼……”

“这倒怪了。究竟出了何事？”

“女儿时不时便会失踪……”

半七听罢又笑了。年轻茶摊女不时失踪——半七觉得这种事算不了什么。阿龟见他这般神情，顿时急道：

“不，此事与男欢女爱无关……总之，您且听我说。事情正好发生在五月的纳凉烟火会[1]之前。一位英武气派的武士带着随从经过我家铺前，不经意瞧见铺里的阿蝶，便信步进了店里。这位客人

[1] 纳凉烟火会：江户时代，旧历自五月二十八日起的三个月间被视作日暮时至户外纳凉的时节，江户人民喜爱乘船或是在河边看台上纳凉，称为“川凉”。每年川凉时节开始时，会在两国燃放烟花以示庆祝。

饮了茶，休息片刻，搁下一朱金子做茶资后便离开了。着实是位贵客。此后大约过了三日，贵客再度光临，此次身边还带了名年纪三十五六、气质端庄的女子。两人瞧着不像夫妇。接着，这名女子问了阿蝶的名字、年龄，最后又是搁下一朱茶钱离开了。此后再过三日，阿蝶便不见了踪影。”

“嗯。”半七颔首。

半七料定两人是拐卖妇孺的歹人，乔装打扮成颇有身份的武士和女子，掳走了容貌姣好的阿蝶。

“阿蝶此后便未再回来？”

“不。十来日后，在一个天色昏暗的傍晚，她竟然面色苍白地回来了。我也松了口气，仔细问她缘由，得知她最初失踪时也是在傍晚天将黑未黑之际。据阿蝶说，那日我留在铺里收拾，她先一步回家，走到滨町河岸[1]的石料堆放场时，忽

[1] 滨町河岸：原存在于今东京都中央区日本桥地区的滨町川沿岸地区，滨町川现已被填埋。

然出来两三个男人一把抓住她，将她堵嘴、缚手、蒙眼，最后强行塞进轿中抬走了。阿蝶被摇摇晃晃地抬着走，神思恍惚，根本不知经过了那些地方，又是怎么走的，最后似是进了一处大武宅……只是那宅子离茶摊是远是近，她半点也分不清。”

随后，阿蝶被引入宅邸深处的一间房内，紧接着出来三四名婢女，摘了她的眼罩、口塞，又解开缚住她双手的绳索。过了一会儿，之前来茶摊的那名女子便走了出来，温声安慰阿蝶，说此番想必让她受惊了，但无须忧心，亦不必惊惶，只须乖乖听她们的吩咐便好。年纪尚轻的阿蝶此时惊疑不定，给不出什么像样的回应。那女子安慰她一阵，拿来茶水点心，让她先好好休息。接着，她又让其他婢女带阿蝶去沐浴。阿蝶仍是迷迷糊糊地去了浴殿。

出浴后，她又被带往另一个大房间，里头放着厚实精美的坐垫，房间的花瓶内插着瞿麦，墙上则挂着一张琴。只是阿蝶已然头晕目眩，完全不明所以。

之后，那名女子再度出现，吩咐众人为阿蝶绾发，婢女们便凑过去为她重新绾好发髻。接着那女子又让众人为阿蝶更衣，于是婢女们又上来伺候更衣。她们取下衣架上挂着的华美的振袖和服，披在阿蝶畏畏缩缩的肩头，接着又为她系上锦缎一般的厚腰带。阿蝶整个人好似脱胎换骨，却不知该如何自处，只能呆呆地立在原地。婢女们拉着她的手，引她在坐垫坐下，又端出一张形似经卷桌的小案放在阿蝶面前，案上放着两三本精美的册子。婢女们又拿来香炉置于案侧，淡紫色的薄烟袅袅升起，散发出来的香气沁人心脾，让阿蝶昏昏欲睡。婢女点亮绘有秋草的绢罩座灯，灯光朦胧如梦，阿蝶的心境亦宛如梦境。

婢女们翻开案上的一本册子，要阿蝶略微俯身看书。阿蝶早已半魂出窍，根本无力抗拒，只能如木偶戏里的提线木偶一般按吩咐行事。阿蝶乖乖俯身看书，一位婢女料想她身上闷热，便拿了绢丝团扇在一旁轻轻扇风。

“莫要言语。”那位女子低声嘱咐道。阿蝶只好僵着身子坐着。

少顷，外廊上传来轻微足音，似有三四人悄悄来到了此处。此时，那女子又低声嘱咐她莫要抬头。接着，外廊的拉门便悄无声息地拉开了一条缝。

“莫要张望。”女人低声威吓道。

也不知是多可怕的东西正在窥望自己，阿蝶身子缩得更小，死死盯着眼前的小案。不多时，拉门又静静关上，外廊的脚步声渐渐远离。阿蝶松了一口气，冷汗如下雨一般滑落。

“辛苦了。”女子安慰道，“眼下你可以休息了。”

原本昏暗的灯光被拨亮，屋内立刻亮堂起来。婢女们端来晚膳，一边说着用餐时间已过，阿蝶想必饿了，一边仔细地伺候阿蝶用膳。阿蝶坐在绘有精美描金花纹的食案前，胸中却是透不过气，什么也吃不下去。眼前摆着诸多佳肴美馔，她却没动几筷子。用完餐后，那女子让阿蝶多休息片刻，说罢便静静地离席了。其他婢女也撤下食案，不知消失到哪儿去了。

周围只剩自己一人后，阿蝶终于缓过些气来。这场经历着实像在做梦，自己可谓一头雾水，甚至怀疑自己是不是被狐妖迷惑了。这里的人究竟为何要将自己带来这里，给自己穿上华服，又请自己吃佳肴珍馐，还将自己安置在如此华美的房间里，派那么多人来精心服侍呢？阿蝶又怀疑，他们会不会像戏里演的那样，让自己充当某人替身，再砍下自己的头颅交出去？

不管怎样，此地如此毛骨悚然，阿蝶自是一刻也不想多待，可她不知该从何处逃走，亦不知该如何逃走，甚至连方位都辨不清。

“先去庭院里，或许能寻到逃路。”

阿蝶鼓起所有勇气，屏气敛息，轻手轻脚地走在柔软光滑的草垫上。她抬起手搭上纸拉门，正好撞上一位婢女进门。阿蝶顿时吓得呆立不动。婢女说，若姑娘是想如厕，自己可以带路，接着便领头走了出去。阿蝶随她走到外廊，眼前可见宽广的庭院。今夜无月，漆黑的树丛间飞舞着两三只萤火虫，远处传来寂寥的鸥鸮的叫声。

再次回到原先的房间时，被褥已在不知不觉间铺好，顶上还挂了绣有小白额雁的白色蚊帐，看着十分凉爽。此时，原先那名女子又不知从何处冒了出来。

“请姑娘歇息吧。容我事先提醒一句，无论今夜发生何事，请你万万不要抬头。”

说罢，她牵起阿蝶的手，将她推入蚊帐中，再为她盖上雪白的被子。四刻（晚上十时）钟声传来，婢女们如幽灵一般，再度悄无声息地消失了。

这是个令人恐惧的夜晚。

二

惊惧不定的阿蝶自然无法安稳入睡。身下的衾被与垫褥是她平生从未躺过的名贵货，本来十分柔软，此时反而给她带来一种异样的感觉，让她如悬浮在半空中一般忐忑不安。加之今晚闷热，她的额头与颈项渗出黏糊糊的汗水，很不舒服。阿蝶脑袋发沉，枕在饰有红色长流苏的枕头上辗转反侧。

不知过了多久，阿蝶心中自然毫无时间概念，只觉本就寂静的大宅里，夜色似乎更深了许多。正思索间，只听邻屋传来脚底摩擦草垫的轻微声响。阿蝶全身血液仿佛凝固，慌忙拉上衾被深深盖住自己，将脸死死压在枕头上。镶了黑框的大纸门唰的一声拉开，衣服下摆长长曳地的窸窣声传至枕边，阿蝶紧张得不敢呼吸。

来者进屋后便静静站在昏暗的座灯旁，似乎正隔着白色蚊帐窥探阿蝶的睡脸。来者是要生饮我血，还是要生吞我骨？阿蝶已吓去了半条魂魄，死死攥着衾被的袖子。终于，那衣料摩擦的声音又往邻屋去了。阿蝶如自梦魇中惊醒，一边用寝衣的袖口擦净额前汗水，一边轻轻睁眼往外窥望。纸门紧闭如旧，蚊帐外静悄悄的，连蚊鸣声也听不见一丝。

直至拂晓，天气稍凉，折腾了一夜的阿蝶终于迷迷糊糊睡去，再睁眼时，昨晚的那些婢女已端坐在枕边，见阿蝶醒了，便伺候她更衣，又捧来描金的净手盆伺候她洁面。用完早膳，先前那名女子又来了。

“料想姑娘如今应觉得有些拘束，还请再忍耐一阵。若姑娘觉得无聊，不如去院子里走走？我等为你引路。”

在婢女们的簇拥下，阿蝶穿上木屐走到宽广的院子里。阿蝶随着众人在植被间穿梭，忽然，眼前出现一个巨大的水池，池面漂浮着鲜绿的水草，岸边则生长着青葱的芒草和芦苇。一名婢女告诉阿蝶，这片古池底下栖息着巨大的鲇鱼池主，阿蝶吓得寒毛直竖。

“嘘。”先前的那名女子忽然警告道，“专心望着池子，切勿斜视。”

阿蝶心知定是有人在某处瞧着自己，顿时全身僵硬。她望着据说栖息着鲇鱼池主的恐怖池子，呆呆地站了一阵。最终，警戒似乎解除，婢女们松懈下来，开始轻轻走动。

回到原来的房间后，阿蝶又得以歇息了一个时辰。婢女们拿来话本给她解闷。用完午膳，一名女子来为阿蝶抚琴。眼下正值六月初的暑热之日，她们却不许阿蝶打开外廊边的隔扇，也不准她开启里头的拉门。阿蝶便如被软禁一般，在这间豪华房间中度过漫长的一日。到了傍晚，她如昨日一般被带往浴殿。出浴后又被伺候着换上另一身衣服。掌灯之后，她又被迫坐在了桌案前。今日似乎无人前来窥伺，但阿蝶仍旧不敢大意。

“今夜会不会又有东西进来？”

她提心吊胆的，当晚也在四刻左右钻入蚊帐就寝。傍晚时下起的细雨依然在窗外淅淅沥沥，池里蛙声一片，阿蝶依旧无法入睡。夜色愈浓，不知是偶然还是人为，枕边的座灯渐渐转暗。阿蝶透过昏暗的灯光一瞥，只见一道白影仿佛自白色拉门里飘出，如幻象一般飘飘然立在白色蚊帐外。

"啊，幽灵……"阿蝶仓皇地用衾被蒙住头，嘴里一心一意念诵着平时笃信的观音菩萨佛号和水天宫[1]神号。约莫过了一炷香时间，阿蝶战战兢兢地偷眼一瞥，白色幻影已然消失，不知何处传来了拂晓的第一声鸡鸣。

天亮之后，一切如昨。净面、绾发、化妆、早膳，然后被簇拥着去庭中散步。及至夜晚，又坐到桌案前。入蚊帐就寝后，那幽灵一般的东西又飘至枕边徘徊。在如此令人窒息与恐怖的日夜

[1] 水天宫：水天宫信仰，以现福冈县久留米市的水天宫为总本宫，主祭天之御中主神、安德天皇、高仓平中宫、二位尼，是水与孩童的守护神，相传能保佑妇人怀孕、安产。

折磨之下度过七八日后，阿蝶自己也枯瘦衰弱得如幽灵一般。

“若这种痛苦还要持续，不如死了干净！”

最终，阿蝶下定决心在先前那名女子面前哭诉，请求她放自己回家一趟。那女子好像也感到万般为难，但见阿蝶心意已定，若遭拒绝，她说不定会投入古池自尽。因此在第十日傍晚，那女子终于允许阿蝶暂且归家。

“不过，此事万不可外传。此后或许还会有人前去迎接你，届时还请姑娘务必前来……此事还请您在此应允。”

那女子说，若阿蝶不答应，她便不能放阿蝶回去。阿蝶无奈之下只好应允，言不由衷地起誓说届时定会返回。那女子又说，此番让阿蝶如此忧心，实在过意不去，说着给了阿蝶一个用奉书纸[1]包好的小包。日暮之后，天色昏暗，阿蝶又被蒙眼塞口，坐上与来时一样的轿子。轿夫专挑

[1] 奉书纸：日本旧时用来书写公文的高级和纸。

行人稀少的街道行走，摇摇晃晃地来到滨町河岸，在石料堆放场前放下阿蝶，随即抬着空轿逃也似的离开了。

阿蝶如被狐仙迷了神一般，她恍惚地站了一阵，忽然心中发怵，拔腿便跑，直至冲入家中见到阿母才堪堪回过神来。阿龟起初也道阿蝶中了狐狸的幻术，可阿蝶怀中的小包并没有化作树叶，里面还装了十枚崭新的小判金币[1]，金币的大小宛如幼童名牌[2]。

“天哪，十两金币！”阿龟目瞪口呆。人再老实也不可能无欲无求。按当时的世道，即便给人当妾，一个月也难以拿到一两金子的月钱。而此番阿蝶没做什么，只是穿华美的服饰，用美味的膳食便能拿到一日一两的俸金。阿龟心中欢喜，这世上哪有比这更好的买卖？可阿蝶浑身发抖，

---

[1] 小判金币：日本江户时期一种通用金币。薄圆形。为标准金币，一枚为一两。

[2] 幼童名牌：江户时期为防止孩童走失而系在他们身上的姓名住址牌。

一万个不愿意。别说日给一两，就是日给十两，她也绝不愿再踏进那可怕的地方。此后半余月，阿蝶的面色都如病人一般苍白。阿龟虽然曾在初见小判时感到喜悦，后来仔细一思量，心中也隐隐不安，觉得阿蝶如此忌惮此事，着实事出有因。

“有了这十两金子，即便茶摊没客人也不会犯愁。眼下你就待在家里，不要去铺上帮忙了。”

由于担心对方再来掳人，阿龟不让女儿去铺上抛头露面。如此到了月末的某日傍晚，阿龟关了铺子回家，发现本应躲在家中的阿蝶又没了踪影，左邻右舍也说不知她的去向。阿龟明白过来，女儿定是又被带去了上次那处宅邸，然而她也不知那宅邸究竟在何处。阿龟忧心忡忡地过了一日又一日，结果阿蝶此次也是在失踪的第十日神思恍惚地回来了，怀中依旧揣着个十两小包，经历的一切也与上次如出一辙。

“原来如此，这差事虽然不错，但确实有些古怪，难怪阿蝶丫头那么抵触。”听完这离奇故事，半七也不禁蹙眉。

“上月末，女儿又不见了。听说他们每次都趁我不在时来，不由分说就将她抬走……到了外头便有轿子等着。女儿每次都被蒙着眼塞入轿中，因此完全不知他们将自己带去了何处。”

“这次也平安回来了？”

“不，这次她没有回来。”阿龟的脸色晦暗下来，“这次已过了十日，却还是杳无音讯。我心中本就着急，今早又有一名女子来到家中……便是此前那位气质端庄的女子。她说出于某些缘由，要我答应从此与女儿断了联系。当然，她说会给予二百两金子做补偿。我实在为难。不管怎样，我断不会卖掉自己心爱的女儿呀！加之女儿又对那地方如此抗拒，这样勉强她未免太过可怜，因此我便婉拒了那名女子。可那女子不肯答应，以手扶地俯身而拜，说自己也知此事是强人所难，但还是想求我务必答应。我实在不知该如何是好，就说自己无法立即回复，请她让我考虑一两日，这才暂时将那女子劝走……头儿，您说我究竟该怎么办？”

阿龟一副走投无路的模样，颤抖地问道。

三

“此事的确令人担忧。照你方才所说，对方应该是颇有地位的旗本或大名，不知为何做出这种事。若是有大名相中了貌美的茶摊之女，也不是不能招为侧室。若是如此，他们大可直接遣人来商谈。此事有些于理不合呀。”半七思考了一阵子，“眼下最重要的是，阿蝶在他们手上，我们无可奈何。加之不知对方宅邸在哪儿，我们又无从下手。伤脑筋哪！”

见半七抱着双臂，阿龟的神情越发绝望。

“家女至今未归，您说这可怎么办？”她用如同浸过两三次水的铫子绉布[1]袖口擦拭眼角。

[1] 铫子绉布：“铫子缩”，江户中期开始行销日本全国的棉布料，产于铫子，即现位于千叶县东北部的铫子市。

“这一两日内，那女子一定会再来，到时我去见她一面，帮你旁敲侧击一下，届时或许能想出什么好法子。”半七安慰道。

“若头儿肯亲自跑一趟，我便有底气多了。那我斗胆劳烦您明日过来一趟。”

阿龟再三叮嘱后才离开。翌日是十五夜[1]，秋高气爽，一早便能听见芒草小贩的叫卖声。半七早晨办妥其他差事，于八刻（下午二时）左右来到了阿龟家。阿龟家住滨町河岸附近的巷子底。巷口的菜铺里也堆着许多芒草和毛豆。邻近的大宅邸里传来秋蝉的鸣叫声。

“头儿，劳您走这一趟了。”阿龟迫不及待地迎了上来，“我跟您说，阿蝶昨夜回来了。”

昨夜阿龟离家拜访半七期间，那府邸的人还是抬着那顶轿子，将阿蝶送到了河岸的石料堆放场。先前那名端庄的女子对阿蝶说，自己已将详

[1] 十五夜：旧历八月十五的中秋节。在平安时代由唐朝传至日本，最初在贵族间流行庆祝，江户时期在平民间盛行开来。

细情况告知她母亲，让她暂且回家一趟，好好与家人商议。

对方能直接放人回来，可见是极其通情达理之人，没有半分恶意。半七让阿龟去里头的三叠间，叫醒因精神委顿而迷迷糊糊睡着的阿蝶，更为细致地向阿蝶盘问了一番，依然没能找到任何头绪。从阿蝶的话来看，那宅邸大抵是某位大名的别宅，但因全然不知其所在的方位和地点，自然无法确认是哪位大名。

“说不定很快就会有人来，总之先等等看吧。”半七沉下心，坐在原地等候。

如今这时节，太阳下山下得愈来愈早。傍晚六刻（傍晚六时）的钟声响起时，狭窄的屋中，各处已然暗了下来。阿龟端出供酒、米粉团、芒草等十五夜供奉物什，将它们安置在外廊。晚风拂过芒草叶，沁入体表，让仅着一件单衣的半七感到些许凉意。眼下已至晚食时辰，半七请阿龟去附近叫鳗鱼饭回来，但也不能光顾自己吃独食，便将阿龟、阿蝶母女的份也一并叫了。

吃过晚食，半七叼着牙签来到外廊，抬头只见碧蓝如海的天空被窄巷里层叠的屋檐划成不规则的数块。虽然月亮尚未在天边露面，但东边云朵的边缘亮着朦胧的黄光，令人不禁遐想到今夜的明月。不知何时，露水已悄然降下，两盆过了时节的牵牛花仍被摆在院里，枯叶上闪着冷白的亮光。

“你们也出来吧。再过不久，月亮就要升起来啦。”半七出声道。

此时，门口忽然传来有人踩踏水沟盖板的声响，一名男子站在了格子门前。阿龟立即出去应门。来者是一名陌生武士，见阿蝶母女都在家，便告知府邸女官即将驾到，说完就退下了。

“哎呀，你就当我不在。”半七慌忙抓起草履，与阿蝶一起躲进里面的三叠间，再从纸门门缝间悄悄探看。不一会儿，一位三十岁上下、府邸女官打扮的女子出现了。

“初次见面。”女人规矩地见礼道。阿龟战战兢兢地回礼。

“开门见山地说，令爱阿蝶姑娘的事，想必昨日已有其他女官与您商议过了。若您应允，还请阿蝶姑娘今夜立即启程，我等奉命前来迎接。”

女子公事公办地说道。阿龟慑于其威势，只是忸忸怩怩，连像样的客套话都说不出。

“事到如今，若您不答应，我等便无法交差。我在此再三恳请您务必应允。”

“家女昨晚一归家便说身子不适，今日静躺了一整日，因此我们母女眼下还没来得及仔细商议……”

阿龟似是想支吾搪塞，先逃过一时，但对方不肯轻易罢休，又咄咄逼人道：

“不可。昨日送令爱归家便是想让二位仔细商议，岂料二位至今未曾相商。二位如此辜负我等好意，让我等如何下得来台？还请您唤出令爱，三人重新商讨。请您立刻唤来阿蝶姑娘。”

在女子凛然的命令下，阿龟越发惊惶。接着，女子拿出两个装了小判的绸布包，放在昏暗的座灯前。

“这是约定的二百两安置金，封条齐全，在此奉上。好了，快请令爱出来吧。”

“是……是。”

“莫非您要拒绝到底？若我不能顺利交差，就必须在此自裁谢罪了。”

说着，女人竟从腰带里掏出一个似乎装了匕首的袋子。在女人锐利目光的注视下，阿龟脸色煞白，浑身颤抖起来。谈判已陷入僵局。

“你认识那女人吗？”半七小声问阿蝶，后者沉默地摇摇头。半七思忖片刻，接着起身自三叠间爬至厨房，从后门拐角处摸黑走出来，悄悄绕至屋前。

巷外已升起了明月，与拐角隔着四五间屋子的，是当铺的土墙仓房，仓房的屋檐下停着一顶轿子，旁边站着两个轿夫和方才来通报的武士打扮的男人。半七打量一番，接着自前门进了阿龟家，一言不发地在女人面前坐下。女人脸形瘦长，下颌突出，脸上略施粉黛，眼神明亮，鼻梁高挺，容貌甚至有些男子的英气，梳着公家女官的发髻。

“请恕在下无礼。”

半七泰然自若地见礼。女人则一言不发，落落大方地点头致意。

“我是阿龟的亲戚，听闻贵府想带走她的女儿阿蝶姑娘，希望求得允准？无奈阿蝶是家中独女，往后本打算招赘。若贵府诚心招雇，此事也并非完全不可。”阿龟闻言吃惊地望向半七，只听他继续说道，“当然，我等明白贵府有自己的苦衷，既然约定往后不可再通音讯，还请至少告知贵府主公的名号。当母亲的牵挂儿女，此乃人之常情。唯此请求，还望应允……”

“承蒙发问，但恕难从命。我不能透露主公的身份，只能告知两位，我家主公乃中国地方的大名……”

“敢问您的职务是……”

“我乃表使[1]。”

[1] 表使：江户时代武家后宅女官名，执掌后宅主母用品购置，代表主母出行，负责与男性仆役沟通、传达命令等。

“原来如此。”半七微笑道，“虽然有些难以启齿，但我等恐怕要拒绝您的要求了。”

女人目光一闪。

“为什么？”

“恕在下冒昧，我等对贵府家风难以苟同。”

“怪了……您如何得知我府家风？”女人挺身正襟危坐。

“执掌后宅的女官右手小指上竟有使用三味线拨子留下的老茧，想来贵府后宅甚是混乱。”

女人脸色陡然一变。

“冒昧来访，多有叨扰，还请一见。”

格子门外又传来一个女子请求面见的声音。

四

“承蒙贵客莅临，快请进。”

前去应门的阿龟有些无措地招呼新客入内。叫门的女客似有些迟疑。

“您家中有客人？”

“是的。”

“那我下次再来叨扰。”

说着，女客就打算回头。此时半七在屋里叫道：

“请留步，这儿正有位冒牌货在冒充您，还请您做个见证，与她对质一番……”

先来的女人脸色骤变，但她似乎已破罐破摔，竟忽然笑了起来。

“头儿，是我有眼不识泰山。方才就觉得您不是一般人，您是三河町的半七头儿吧？戏已演不下去了。我甘拜下风。”

“我猜也是。”半七笑道，“其实我绕到正面一看——堂堂大名府邸来迎人竟然用街头揽座的轿子——着实稀奇，加之你这后宅女官的手指上又有长年使用三味线拨子留下的老茧，这样怎能把戏唱好？你究竟是谁？假意迎人也好、冒充女官也罢，你演得都不错，只是道具露了马脚。”

“头儿慧眼如炬，我甘拜下风。”女子略略低头，“我本就觉得这戏大概很难唱成，但还是壮着胆子来了。算盘打得妥当，没想到遇上头儿，这如何赢得了。事已至此，我就全招了吧。我生在深川，母亲是三味线长歌[1]师傅。”

女子名为阿俊。母亲为让她继承自己的衣钵，自她幼时起便严厉教习她三味线长歌。然而让母

[1] 长歌：近代日本邦乐的一种，也是三味线音乐的一种，正式名称为“江户长歌”。与义太夫节等以故事为中心的叙事曲不同，长歌以歌曲为中心，演出基本以多位歌者与三味线奏者组成，依据曲目不同辅以小鼓、大鼓、太鼓、笛等伴奏班底。

亲伤心不已的是，阿俊还未成年便爱勾搭男人，最后竟然离开了深川老家成为流浪艺人，从上州[1]辗转到信州[2]、越后[3]一带。两三年前，阿俊回到暌违许久的江户，谁知身在深川的母亲已然去世，所幸附近尚有往日熟人，她便开始在家教授三味线，收了些弟子。可她生性放浪，无法踏踏实实过日子。她曾迷上过一个没用的男人，为了钱而施过美人计，也曾在澡堂二楼做过事。之后，阿俊从附近鱼贩子口中得知了阿蝶的传闻。

鱼贩子与阿俊交情甚笃，家里的女儿又和阿龟甚为亲密。如此这般，阿蝶时不时会被怪异使者掳走的事情自然传入了阿俊的耳朵。她知道阿蝶长得美，便起了歹意，想利用那奇怪的使者将阿蝶拐至自己手中。她笼络平素为自己跑腿的男

[1] 上州：上野国的别称，日本古代令制国之一，属东山道，领域大约为现在的群马县。

[2] 信州：信浓国的别称，日本古代令制国之一，属东山道，领域大约为现在的长野县。

[3] 越后：越后国的别称，日本古代令制国之一，属北海道，领域大约为现在的新潟县本州部分。

子安藏入伙，自两三日前起便徘徊在阿龟家附近窥伺状况，最终得知大名府邸的人不日就要上门商谈，想要终身雇用阿蝶，又得知阿蝶已于昨晚归家。阿俊便让安藏扮成同行的武士，自己则变装成后宅女官前来带走阿蝶，拿出来摆在阿龟面前的二百两小判自然也是铜制赝币。

“毕竟事情紧急，动作若是慢了一步，人或许就被正主接走了，因此事先的准备做得太过匆忙，顾不上轿子，这才闹出了您刚刚说的那个笑话。”阿俊不愧是恶徒，既然事情败露，便索性说出了一切。

“这么一来，一切就清楚了。”半七颔首道，“你大概不愿意为此事入狱，不过这事被我半七撞上了，就不可能轻易地放你回去。虽然有些过意不去，但还是请你跟我走一趟吧。”

“真没法子。不过，还请头儿通融一二。”

阿俊说，穿着这身行头跟半七走就像沿路唱戏乞讨，实在尴尬，恳请半七派人去她家取一套浴衣回来换上。半七虽然答应了，但在阿龟家也不便差人办事，就让阿俊先跟自己去警备所。谁知半七正打算押走阿俊时，方才站在门口的女子进来了。

“此事若诉诸公堂，难免有损我府的名声。所幸她未能得逞，也未给任何人造成损失，因此可否请头儿看在我的面子上，免了这女子的罪？”

女子再三请求，半七也不好拒绝。他察觉到女子有难言之隐，最终还是放了阿俊一马。

“头儿，多谢您宽宏，我日后定会登门致谢。”

“谢就不必了，今后别再给我惹麻烦就是了。”

“是，是。”

阿俊脸上无光，垂头丧气地离开了。如此，冒充者的身份虽已查清，真正女官的身份仍未可知。事情到了这个地步，继续隐瞒只会徒增疑虑，毫无意义，甚至可能搅和了本来能谈成的磋商。那女子似乎也明白这一点，便对阿龟和半七坦陈了一切内情。

她并非阿俊那样的冒充者，而是确实在某大名驻江户的府邸里当差。她的主公已回归北方领地，夫人自然要留在江户府邸里充当幕府人质。夫人有位掌上明珠，容貌、气质皆是上品。可这位美丽的小姐在今年开春受到天花瘟神的诅咒，长眠于菩提寺的石墓下，年仅十七岁。夫人哀恸过度，日趋癫狂。求神拜佛均无效，灵丹妙药亦罔医。每日从早到晚只念着小姐名讳，哭着喊着要再与她见上一面，着实让府内众人不知该如何是好。因不忍夫人如此凄苦，管家与侍女长商议之余，打算找一位容貌与小姐相似的女子，打扮成小姐的模样送至夫人眼前。如此，夫人或许多少能平静下来。然而，此等家丑若泄露出去，必会有损府邸颜面，唯有秘密行事，因此府邸只派了两三人外出分头找寻。

那时的人都很有耐心。在众人坚持不懈的搜寻下，某位管家无意中在永代桥的茶摊里看见了阿蝶，见她年纪、长相都与小姐相似，就又带着后宅女官雪野前来辨认，结果雪野也觉得相像。于是阿蝶因此被选中，也不知是福是祸。

找到人之后，下一步便是商议如何将她带来

府中。对此，府内众人分成了两派。一派认为，不经父母同意擅自带走他人子女无异于绑架，所以应当私下坦陈内情，让对方心甘情愿来府。另一派却反对，认为对方到底是茶摊女，再怎么封口也很难保证她会严守秘密。若是她日后捏着把柄纠缠不休，敲诈勒索，那可就麻烦了。因此，虽手段不甚光彩，但还是干脆出其不意地将她绑来更为稳妥。万事当以府邸体面为重。最终，后者占了上风，受命的武士只好反复做出有违身份近似绑架的行为。

众人如此煞费苦心，计划最终完美成功。癫狂的夫人昼夜不分地时时过来探望女儿的替身。她似乎以为已逝小姐的魂魄再度回到了人间，此后便如忘了女儿已死一般平静了下来。然而这安抚的效果终究是暂时的，只要几日不见阿蝶身影，夫人便又会发狂，向臣下吵着闹着要见女儿。然而府邸也不能无休止地拘禁别人家的姑娘，这让府中人都备感为难。

就在这当口儿，一个新问题出现了。今年七

月，幕府颁布新诏令，准许诸大名的妻女回藩，诸藩均喜不自禁。长年在江户充当幕府人质的诸大名夫人和子女都争先恐后地返乡。这家府邸自然也决定送夫人返回领地。问题是，如今已与疯人无异的夫人若在半道上发狂怎么办？若她回国后，依旧是如今这般模样又该怎么办？此事成了压在众人心头上的重石。众臣再度进行磋商，得出的结论是只能将阿蝶一并带回远方封地去，别无他法。

然而此次一去，阿蝶几乎不可能再返回江户，无论如何也不能未经她父母同意就将她带走。因此众人商定，只能在与阿蝶及其至亲商议妥当，结下终生雇佣的约定之后，再带她回去。这件差事交到了后宅女官雪野身上，因此她昨日登门拜访，想取得阿蝶至亲的允准。若她一开始便开诚布公地讲清事由，阿龟或许还能通情达理地考虑。然而雪野太过注重府邸声誉，只急着想在不透露内情的情况下谈判妥当，结果使阿龟一方的疑虑愈来愈深。加之阿俊又在中间横插一脚，假扮女官妄图接走阿蝶，搅得此事越发复杂。

听完雪野的解释后，半七也于心不忍，他无法责难一个因丧女而发狂的母亲的爱意和努力安抚主母悲恸的家臣的苦心。

此时，藏身三叠间的阿蝶缓缓膝行进来，擦拭着同情的泪水说道：

“如此，此事原委便都清楚了。阿母，如果我这样的人能帮得上忙，就让我随夫人回乡吧。”

“你真的愿意随我们回去？”雪野拉过阿蝶的手，如上香一般感激地压在额头上，再三言谢。

明月已转至南方上空，将庭院与屋内照得明亮。

“阿龟最后也答应了，决定放女儿去做事。”半七老人说，“接着她们又商讨了一阵，雪野便提议让阿龟也跟着一起去。阿龟在江户没有近亲，自己也日渐年老，因而也觉得跟在女儿身边更好，于是一家人便一起去了远乡。听说大名在城下町为她置办了一处家宅，阿龟便在那里闲居终老了。

进入明治时代不久，大名夫人也亡故了，阿蝶也就完成了使命。听说府邸为阿蝶很是张罗了一番，将她嫁进了一户相当不错的人家，大约现在还活着吧。至于阿俊，听说她后来在江户待不下去，流亡去了骏府[1]，在当地遭处刑。”

[1] 骏府：律令时代为骏河国的国府，江户时代设藩后又撤藩，改为幕府直辖领。明治后改名静冈藩，后于明治四年废藩置县，成为静冈县。

08 取带池

一

“虽然如今早已被填埋，没留下任何痕迹，但这里就是以前的取带池。江户时代还好好留着呢，你看，就是这里。”

半七老人展开万延版江户地图[1]给我看。市谷月桂寺以西，尾张家的外宅[2]之下有一个取带池，一大片水域都被染成了碧色。

“听说京都附近也有同样的古迹。江户地图上你也看到了，也有记载，所以不是骗人的。这池

[1] 公元1860年刊行的江户地图。万延为日本孝明天皇年号（1860—1861）。

[2] 外宅：大名在江户一般有三处府邸，分别称为上、中、下屋敷。上屋敷为本宅，供大名及其夫人居住；中屋敷为外宅，一般作为备用宅邸或非常时期的避难所使用，日后会成为大名世子的宅邸；下屋敷为别庄，多供大名妾室居住。

子之所以叫‘取带’，是因为一个自古流传的奇异传说。当然，那已经是很久远的事了，说池上会漂浮一条美丽的锦带，路过的旅人见着它，恍惚中靠近想去捞起时，便会立刻被锦带缠住，拖入池底。众人都说这锦带是池主所化，用来引诱路过行人的。”

“会不会是池中住着一条巨大的锦蛇？”我摆出一副学究做派分析道。

“也有可能。”半七老人不置可否地颔首道，“不过还有一种说法，说大蛇不可能栖息于水底，应该是有熟悉水性的盗贼潜伏水下，以锦带为饵吸引往来行人后拖入水中，抢夺他们的财物或衣物。不管哪种说法为真，这地方都令人毛骨悚然就是了。正因如此，往昔那么大的一个池子，在江户时代渐渐被填埋，到了我们那时候，岸边已成了浅浅的泥沼，一到夏季便长满芦苇等野草。即便如此，取带池的可怕传说依旧流传着，没人敢去那里捕鱼或游泳。直到某日，取带池里真的漂起一条女子腰带，众人大吃一惊，闹出了很大骚动。”

那是安政六年（1859）的三月开初。这年的春寒格外长。许是因为如此，池岸边还未见着芦苇的青芽。某日，有个住在附近的人路过这里时，发现岸边浅滩处落着一条华美的女性腰带，它长长地曳着，一直延伸至水池中央。这样的事情，即便是发生在普通池子中，亦是一桩大案，更别说这是自古便有怪异传说的取带池，于是消息一传十，十传百，不久便在附近居民中引起了轰动。众人都惴惴不安，生怕随意靠近会惹祸上身，因此胆小的看客们只敢远远眺望，无人敢上前查看那腰带究竟是何物。

不久，尾张家出来了两三位武士。他们把衣裳下摆撩起，别进了腰带，踏入淤泥深积的岸边浅滩，将腰带扯了上来。那腰带并未有什么离奇动作，只是曳着沾湿的尾端暴露在了明媚的春日下。这腰带不是什么取带池主，只是一根普通年轻女子会使用的华丽腰带，绉绸制成，带体被分染成青、红、紫三段，上面还绞染出了白色麻叶花纹。

“是谁将它扔到这里来的？”

这是第二个疑点。腰带很华美，还是簇新的，即便放在如今，也能卖个好价钱，究竟是谁毫不怜惜地将它丢进了池中？关于这点，众说纷纭。有人说是盗贼所为，说盗贼从某户人家中偷出腰带，要么是中途嫌它碍事而丢弃，要么是害怕日后成为证据而舍弃，大抵二者占其一。又有人猜测是某种恶作剧，是肇事者明知这里是取带池，故意将腰带投入池中，想惊扰世人。可是这种恶作剧已然过时了。天保[1]之后的江户，已经很少有用贵重物品惊扰世人，只为自己在暗地拍手自得的闲人了。故此，前者说法占了上风，众人认定这是盗贼干的好事。

[1] 天保：日本仁孝天皇在公元1830—1844年间使用的年号。这里或许指的是幕府老中水野忠邦于天保十二年至十四年（1841—1843）推行天保改革，发布俭行令提倡简朴节约，并限制民间娱乐活动这一事件。

可是没人知道那盗贼是谁，也没有出现受害者，那腰带则被带至武家岗哨暂行保管。谁知过了两日，这里又发生了意外之事。原来那腰带的主人是住在市谷[1]合羽坂[2]下酒铺后巷的一名美丽姑娘，名唤美代，已被人绞死。此事一见光，众人哗然。

美代今年十八岁，与母亲阿近相依为命，蜗居在后巷长屋[3]里。虽说是长屋，若加上入口处的小房间，这便是个拥有四间房的清爽屋子。而且阿近的爱干净是邻里公认的，格子门总是擦得一尘不染。然而，左邻右舍谁也不知这母女二人是受了什么人的接济才得以将日子过得如此舒服。母亲阿近宣称，美代的兄长在下町某大商铺里做

[1] 市谷：地域名，位于今东京都新宿区东部。

[2] 合羽坂：位于今东京都新宿区片町的一条坡道，江户时代合羽坂旁是市谷片町。

[3] 长屋：一栋房子隔成几户合住的简陋住房。江户时代除了中层以上的商家能有独立店面外，其他的商人、匠人一般都租住在这种狭长的群租屋里。

事，是他每月补贴母女二人的日常用度。然而，大家从未见过这所谓的“兄长”出入家中，因此都不相信阿近的说法，于是便有传言说美代暗中有老爷照拂。美代长得花容月貌，难怪会惹上这种嫌疑。对此传言，母女二人丝毫不在意，仍是与左邻右舍相处得非常和睦。

取带池上出现美代腰带的前一日早晨，这对母女说练马[1]那边有个亲戚过世，两人要过去帮忙并留宿，请邻居帮忙照看家中后便走了。她们临走时将大门上了锁，故而没人窥伺屋内。可到了第四日，只有母亲阿近独自归来。她与左邻右舍打过招呼，打开格子门进入屋内，不一会儿便哭喊着连滚带爬地跑了出来。

“美代死了，来人哪！”

邻居们大惊失色，赶忙跑过来一看，她女儿美代正仰面倒在里面的六叠间中。房东也闻讯赶

[1] 练马：今东京都练马区，江户时代是为了给江户市中供给萝卜、牛蒡、芋头等农作物而发展起来的大近郊农村。

来。不久，大夫也赶来了。大夫诊断美代是被人绞喉而死。更吊诡的是，美代身上还穿着前几天与阿母一起出门时所穿的衣服，腰间的麻叶腰带却不见了，而且尸体被打理得整整齐齐、一丝不乱。从这点可以看出，凶手应该是在将她绞死后，刻意将尸体摆放到了眼下这个位置。

“美代姑娘是何时回来的？”

首先，这点就无从得知。据阿近说，女儿在那日前往练马途中便忽然不见了。由于美代此前就很抗拒去练马，故而阿近发现女儿不见时，只道她是中途丢下自己跑回了家。由于急着赶路，阿近不便折回家质问美代，于是便丢下女儿继续去了练马。到了那边，阿近又是守夜，又是出殡，折腾了三日多。直到第四日，也就是今日一早才从练马赶回来，刚到家便见家门并未上锁。阿近以为女儿果如自己所料跑回了家，打开格子门进去，发现大白天的，屋内竟也是一片黑暗。阿近嘀嘀咕咕地过去开窗，谁知入眼便是女儿凄惨的尸体，阿近吓得当场腿脚发软。

“这到底是怎么回事？简直像在做梦！”阿近哭得死去活来。

左邻右舍也如坠梦中，丝毫没有察觉到美代于何时归来，又在何时遇害。话说回来，美代的腰带又被谁解走了？一番调查之后，众人才终于得知，美代的腰带在前日早晨浮在了取带池面上。阿近见了那腰带，哭着做证那确实是女儿的东西。如此看来，应该是有人绞死美代后，解下她的腰带故意丢进了取带池。可是凶手为何要解下她的腰带？若是为财，屋中还有更多更值钱的东西。而且凶手时间充裕，别说腰带，连姑娘的衣服也能扒了去，可他为何只看中腰带，还特意将它投入取带池中？这里头一定大有蹊跷。总不可能是池主盯上了漂亮的美代吧？众人思来想去，迟迟想不出答案。

如此一来，附近邻居都遭了殃。同院的长屋居民都接受了警备所的审讯，其中以阿近遭受的审讯最为严厉，因为办案的差役怀疑是她亲手杀死女儿后，故意离家几天妄图洗脱嫌疑。但阿近坚称自己毫不知情，邻居们也证明当日亲眼看见母女二人一起出门，加之母女二人平素相处十分和睦，没人发觉阿近有任何杀女动机。如此一来，这取带池之谜便如那恐怖传说一般，成了一桩悬案。

二

事发七日后夜里，小卒松吉兴冲冲地闯进了神田三河町的半七家中。

“头儿，我明白了！取带池那桩案子……邻居们没猜错，那叫美代的姑娘果真找了老爷照拂。听闻对方是个隐退的老旗本，美代时常去与他幽会。美代她阿母瞒得很紧，我吓唬了她大半天，才终于吐出这点东西来。如何？能不能派上用场？”

“嗯，仅凭这点也能看出些眉目了。”半七点头道，“但你去吓唬她阿母这事，我可不敢恭维……不过瘦竹竿阿松，以你来说这事办得也算漂亮。那姑娘面上老实，背地却还是找了老爷。由此看来，她怕是还惹上了其他纠纷，之后你打算怎么做？”

“不知。所以我才来找您商量，总不可能是那老旗本杀的人吧？头儿，您怎么看？”

“我也不觉得……”半七歪头思索，“世事难料啊，绝不可大意。那旗本是哪家？退休老爷住的外宅又在哪儿？”

“旗本是年俸一千石的大久保式部[1]，那老旗本居住的外宅听说在杂司谷[2]。”

“那就先去杂司谷那边看看，或许能碰上些大线索。”

翌日清晨，半七先等松吉过来，然后两人一道出了神田。三月中旬正是适合赏花的时节，还恰逢今日天气晴朗，两人信步而行，额上渗出了薄薄一层细汗。两人到达杂司谷，来到大久保式部的外宅。这府邸不愧是年俸千石高官的闲居外宅，造得着实宽敞气派，门前还有一条小水沟流过。

[1] 式部：式部省的略称，抑或以此称呼式部省官员。

[2] 杂司谷：今东京都丰岛区杂司谷一带。

“独门独院呀。”松吉说。

确实，除了背靠另一家府邸之外，宅邸左右均是广阔的耕地。向近邻一打听，这外宅里住着一位六十岁上下的闲居老爷，此外还有用人、年轻随从、仆役，以及两名婢女在此伺候。半七穿过黄色油菜花田，绕到大宅侧面探看了一番。

“看来，不是宅邸里的人下的手。”

“是吗？”

“这么大一处宅子，又与邻家相距甚远，与独门独户无异。若他们想杀一个外室，大可以在宅子中动手，或在外室归家途中动手，全然没必要特意到对方家中杀人，任谁都会这么想吧？”

“确实。这么说，今日是白来一趟了？”松吉有些泄气地说。

“可以这么说，不过也无妨。难得来这一趟，不如去拜拜鬼子母神[1]，再去茗荷屋吃顿午饭吧。”

---

[1] 鬼子母神：亦称诃利帝母，佛教重要护法，二十四诸天之一，是妇女、儿童的保护神。杂司谷有鬼子母神堂，归附近的法明寺管辖，位于现东京都丰岛区杂司谷三丁目。

二人沿着田埂走到尽头，拐上鬼子母神堂前长长的道路。高大的榉树为此地更添了一丝庄严肃穆的气氛，树皮在明媚的春日下闪着微光。虽说自天保改革以来，来此处参拜的香客减少了，但在秋季大法会[1]和春季赏樱之时，这里还是热闹非凡。各处丸子茶摊里，店家用团扇一个劲给炉灶鼓风，忙得不可开交。芒草结穗的季节已过，已经看不见草扎的尖嘴鸱鸮玩偶[2]。春风徐徐吹过，此处有名的风车随之轻轻转动。此地的另一特产——麦秸扎的花魁人偶亦通过细竹枝立在草把子上，红色衣袂随风飞舞，与一旁纸制蝴蝶的白色翅膀纠缠在风中，于恬静春日中投下饶有春

[1] 秋季大法会：法明寺为日莲宗寺院。日莲宗诸派寺院在每年10月13日莲上人圆寂之日举办法会。

[2] 鸱鸮玩偶：根据鬼子母神神谕所制的猫头鹰玩具，作为参拜鬼子母神的伴手礼贩卖。传说从前有个因贫困而无法为母亲抓药的孝顺女儿向鬼子母神祈祷。鬼子母神于其梦中显灵道：“你当以芒草穗扎制鸱鸮，卖之可得汝母药钱。”女儿醒后照办，猫头鹰玩偶很快贩售一空，女儿也因此筹得为母抓药的钱两。

意的掠影。半七二人在榉树与樱树之下穿行而过，来到鬼子母神堂前。

“头儿，香客真多啊。”

“眼下到底是赏花季节，大概还有像我们这样心血来潮前来参拜的香客。来都来了，好好拜拜吧。”

松吉闻言也认真合掌参拜。当地有名的荞麦面馆“薮”“向耕亭”等食铺都已无迹可寻，二人前往茗荷屋用午餐。松吉叫了酒，半七也陪着喝了一两杯。二人喝到脸色微红走出茶馆，在门口遇上了一个二十三四岁的俊俏女人。女人身边还跟着个十四五岁的小姑娘，貌似是她妹妹。小姑娘手上提着一袋老字号桐屋的糖果，肩头则扛一根细竹枝，上头插着个住吉舞[1]姿的麦秸人偶。

---

[1] 住吉舞：在大阪住吉大社的御田植神事上跳的住吉御田植舞蹈，江户时代因化缘僧、祈祷僧等人在街头表演而在日本全国流行。舞蹈时由中央一人持大伞，边敲打伞柄边起调，四人持团扇在大伞周围绕圈起舞并随声唱和。

“呀，这不是三河町的头儿嘛。”女人停下脚步，对半七露出亲切的笑容。

“你可真虔诚。”半七笑着点头致意。小姑娘也笑着打了招呼。

“你们也来吃午食？若来得再早一些，就能让你们斟酒了，真是可惜。”半七又笑道。

“确实可惜。”女人也笑，“原本不该与妹妹一同出门的，因为没人看家。可此次有人托我来帮忙上香，没法子，一个人许两个愿未免太贪，不够心诚，所以我就和妹妹分工，我替自己上香，妹妹则代他人拜神。”

“难道是那位病了？”

松吉竖起大拇指[1]示意道。女人见状，咯咯笑得肩膀轻颤。

“呵呵，您说笑了。可怜哪，我如今还未出嫁呢，托我上香的是町中旧衣铺的大娘……要说解释起来也怪无趣的，只不过旧衣铺的幺女是我的

[1] 竖起大拇指示意情郎，竖起小指则示意情妇。

弟子罢了。”

“这么说来，那位大娘也有颗诚心。”半七随口应道。

“诚心倒也诚心，但她也有心事。其实她儿子十来日前不知去哪儿了。她请了许多算卦先生看，有说她儿子遭了刀斧之灾的，也有说遭了水难的，惹得大娘心急如焚。我方才也在堂里求了签，结果又是凶签……”女人担心地皱起了细眉。

她是住在内藤新宿北边后巷里的三味线师傅，名唤登久，商号为杵屋。她知晓半七和松吉的职业，便趁此次偶遇，恳请二人若有任何有关旧衣铺儿子下落的消息就通知她。半七爽快地答应了。

“大娘真是太可怜了。”登久同情道，“幺女还是孩子，若家里没了顶梁柱，日子还怎么过。”

“这的确可怜。她儿子叫什么，多大了？”

半七一问，登久便将旧衣铺儿子的身世详细说了。男子叫千次郎，九岁那年春天到市谷合羽坂下某家当铺当学徒，平安熬满了年头后，又在铺上白做了三年工报答师恩[1]，之后总算独立。千次郎去年春天在新宿开了家小旧衣铺，与阿母、妹妹三人一起生活，正正经经地工作赚钱。千次郎虽已二十四岁，但因肤色白皙、身材矮小，外表看着比实际年龄年轻两三岁。半七边听边仔细打量登久师傅的神色，等她说完了话才平静地开口：

“师傅，这话大约不用我说，若不尽快找到那个叫千次郎的旧货铺儿子不行吧？”

“是呀，早一日是一日。不是我啰唆，实在是大娘担心得很。”登久恳求道，略施粉黛的花容上明显露出不安的暗影。

“既然如此，我得再向你仔细打听一些事。既然师傅你本就打算进去用饭，不如我们也回去陪坐一会儿吧。”

“这叫我怎么好意思呢？”

[1] 在日本的师徒体系中，徒弟在学徒期满后，还须在主家无偿工作一定期限，以示回报师恩。在此期间，主家只负责食宿，不支付工钱。

“哪里，无妨。来，我带路吧。”

半七率先迈步，再度回到茗荷屋。半七适当叫了些酒菜，让登久和妹妹用了午食，见时辰差不多了，便将登久带到了别的小包间里。

“此番不为别的，就是想谈谈旧衣铺儿子那事……既然你来求我帮忙，就得要将一切和盘托出，否则未免太过见外，事情也难办……”

半七露出别有深意的笑容打量着对方的脸。登久微醺的面庞霎时变得绯红。她用小菊纸[1]掩着嘴角低下头。

“喂，师傅，怎么僵着不说话了？其实从你刚才的口吻里，我大抵已经知道了。你是想有朝一日也坐进那旧衣铺，一起摆弄量衣尺吧？哎呀，人家小伙子年纪轻，长得不错，又是个老实肯干的男人，做夫婿应当没什么可挑剔的，你说是不是？你是伶人，他是商人，又不是想高攀大户触

[1] 小菊纸：以小构树为原料制作的纤薄和纸。在江户时代，其上等品在茶道中用来垫在茶壶之下，下等品则主要用作手纸。

了禁忌，没必要如此顾虑隐瞒。之后若真的成了，看在咱们这交情的分儿上，我必当提一尾鲜鱼上门祝贺。掺杂些你侬我侬的痴缠情话也无妨，快将一切从实道来吧，我肯定一声不吭地听你说。”

“真是对不起您。”

“什么对得起对不起的，那都是你俩之间的戏。”半七还是笑着，“所以呢？那个叫千次郎的男人自然是一心捧着师傅你，没有暗地里拈花惹草吧？”

“那可就不知道喽。”登久有些吃味地说，“虽然没有确证，但他在合羽坂的当铺时好像就有风声传出。我心里也不舒坦，有时也不是滋味地问他。但他始终装糊涂，一口咬定绝没有那样的事。”

千次郎不曾夜不归宿，除了生意上的往来，也不曾在外头花天酒地。他还在合羽坂时便信奉鬼子母神，因此每月都会前来参拜两三次。除此之外便没什么可疑之处了。只是有一次，他手上好像拿过女人的信件。当然，登久一发现信，千次郎立刻就将其撕毁了，因此登久并未看过内容。

自那以后，登久暗中留意观察，发现千次郎总有些心神不宁，好像有事瞒着自己。登久心生不悦，大约半月前与他爆发了争吵，并且逼迫他立即迎娶自己为妻。此事之后不久，千次郎便消失了。

“原来如此，这事确实不太好。”半七严肃地点头道，“不过师傅，你竟然说什么大娘太过操劳着实可怜，打算以此诓我帮忙，罪孽也很深重哪！你且给我记着！哈哈哈——”

登久面红耳赤，如情窦初开的少女一般羞得缩成了一团。

三

半七拿来小食盒装好剩下的吃食，让登久姐妹带上回家，自己则留在了茗荷屋里。

“瘦竹竿阿松，这就叫‘常在外边转，碰上好运道’，咱们来杂司谷一趟也不算白跑，多少掌握了些合羽坂那事的线索。你把女侍叫来。”

松吉拍拍手，一名中年女侍很快出现。

“招待不周，还请客官见谅。”

“哪里，只是想打听些事情罢了。我记得原本在市谷当铺当掌柜的那个阿千，时常会来这里捧场吧？”

“是。确实有这么个客人。”

“每月会来两三趟吧？”

“您知道得真清楚。”

“每次都是一个人来？”半七笑着问道，“怕是还带着个年轻漂亮的小姑娘吧？”

女侍默然微笑。在半七不断的追问下，女侍终于透露了如下信息。千次郎大约从三年前开始便每月带着那名年轻漂亮的姑娘光临两三次，有时白天来，有时傍晚来，就在十来天前还来过一次。当时千次郎先来等候，到了午时，姑娘也来了，两人直至日暮时分才一起离开。女侍说，两人在女侍面前都很害臊，从不开口说话，故而谁也不知那姑娘叫什么名字。

“十来天前他们来的时候，那姑娘是不是绑着绞染麻叶花纹的红腰带？”半七问。

“是，确实如此。”

“哎呀，多谢。大姐，我日后一定再来道谢。”

半七塞给女侍一些赏钱，出了茗荷屋的大门。松吉跟上来悄声说道：

“头儿，这次的确查出些眉目了。看来，得先把那个千次郎抓起来。”

“是啊。”半七颔首道，“他毕竟是个外行，躲不了太久。等风头过去，他一定又会若无其事地跑出来。你马上去新宿，每日在那旧衣铺和三味线师傅家附近仔细盯着。”

“是，遵命。”

与松吉分开后，半七本想直接回神田，转念一想自己还没去现场瞧过。谨慎起见，半七便决定在归途中绕去市谷一趟。日薄西山之时，半七来到合羽坂下。他走进酒铺后巷，先在格子门外打量了一番美代家，接着走进房东开的酒铺。坐在账房里的房东一听对方是捕吏，立刻端正了形容。

“头儿辛苦，请问有何贵干？”

“铺子后头那姑娘家在出事之后，可有什么奇怪之处？”

“今早长五郎头儿也来看过，略微说了些话……”

他口中的长五郎是山手的捕吏，四谷到这一带均是他的势力范围。半七觉得，既然长五郎已然接手，自己其实不好再横插一脚，可来都来了，姑且还是听过情况再走吧。

“长五郎说了什么？”

“美代姑娘不是遭人杀害的。”酒铺老板说，“她阿母当时神思恍惚，什么也没注意。昨日早晨，她想打开长火盆中间的抽屉时，发现里头好像有东西卡住了，打不开。她觉得奇怪，就用力一拉，发现里头卡着一张字条。她取出一看，发现是女儿的遗书。遗书写得潦草而又简短，说自己出于不得已的理由只能先行一步，请母亲原谅自己的不孝。她阿母见了又吃一惊，立刻拿着那遗书跑来我这儿。美代的字迹我认得，她阿母也说这遗书确实出自女儿之手。如此看来，美代是有难言的苦衷才自缢身亡的。此事我当时就通知了警备所，今早见到长五郎头儿时也向他详细说明了。”

“这还真是出乎意料。那长五郎怎么说？”半七问。

“长五郎头儿也疑惑了好一阵，最后说既然是自裁，那就没办法了……”

“是啊。若是自杀，那就没什么好查的了。”

之后，半七又打听了美代平素的一些行为后便走了，但他还未被完全说服。就算美代的确是自缢而亡，那又是谁将她的尸体端端正正地放在地上？虽不知长五郎是如何想的，但单以“自杀”了结此案未免有些草率。不过，只要美代的遗书不是伪造，那她意图自杀一事便是事实。一个年轻姑娘为何急于求死？半七冥思苦想其中的隐情时，忽然想起一事。他就此回到神田家中，等待松吉的消息。到了第五日过午，松吉有些尴尬地出现了。

“头儿，不行呀。那天之后，我每日盯梢，可连那臭小子的影子都没见着。他会不会穿上草鞋远走高飞了？”

据松吉报告，旧衣铺和三味线师傅家都是屋内布局紧凑的平房，根本没有可以藏身的地方。千次郎母亲每日在旧衣铺里坐着，师傅家也每日教习三味线，其他也没见什么反常的地方。

“师傅家也和往常一样每日教习弟子？那里每月的演奏会是什么时候？”半七问。

“听说是每月二十日，但本月师傅染了风寒，取消了。”

“二十日，那也就是前天。”半七略一思忖道，“那师傅每日吃什么？她总有来往的鱼贩和菜贩吧？这两三日间，她买了什么？”

这些松吉并未一一查清，只好拣自己知道的说。松吉说，前天中午，师傅去附近鳗鱼食铺点了一人份的泥鳅炖锅，昨天午饭则让鱼铺做了生鱼片。

“都知道这些了，那不都清楚了吗？”半七呵斥道，“那男人就躲在师傅家呢！当然会是这样！虽说那里靠近新宿，可如今住在郊区的师傅哪有财力每日奢侈地叫外食，吃生鱼片！正因为心爱的男人躲在家中，她才不惜掏光腰包请男人吃好喝好呢！再有，每月的演奏会可是三味线师傅获利最多的日子，她竟能借故歇息，这便是铁证！师傅家有用来演奏的高台吧？”

松吉说，师傅家有四叠半与六叠两间房，其中靠里的横向六叠房里，有座二间长的高台。一般来说，高台下方是个橱柜。半七推断，千次郎应是躲在那橱柜里。

“走，阿松，赶紧一块儿过去。等他们花光了钱，不知又会做出什么事！”

二人赶往新宿北边后巷。

四

"呀，三河町头儿，前几日真是给您添麻烦了，之后也未能登门致谢，还请见谅。实在是穷人无空闲，加之近日身上也不太爽利，呵呵——"杵屋[1]登久身披一件单薄的短褂，手上正整理着衣襟，笑容满面地对半七说道。

她不知道松吉已潜伏在后门。半七随她进入屋内，在移动小壁龛前坐下。玄关边的四叠半房内整齐地摆着长火盆、衣柜与茶器柜。里头的六叠间似是练习室，放着练习用的书橱与三味线。眼下将近八刻（下午二时），许是因为还没到下学时分，眼下屋内没有任何弟子。

[1] 日本明治维新之前，姓氏为公卿贵族与武士专用。平民没有姓氏，故而常会使用自己的籍贯、出生地或商铺商号来表明身份来历，以减少同名产生的混淆。

“令妹呢？”

“她……今日也去庙里参拜了。”

“还是拜鬼子母神？”半七饮着登久端来的樱花茶苦笑道，“真是诚心哪！不过，如今与其拜鬼子母神，或许还不如拜我。千次郎的下落，我已经弄清了。”

登久眉间微微一动，随即顺着半七的话露出灿烂的笑容。

“头儿说得太对了，当真是凡事只要拜托头儿，便可放一百个心……”

“我可没说笑。我的确知道了千次郎在哪儿，这次就是想告诉你他的下落，才特意从下町赶了过来。师傅，这屋里没别人吧？”

“是。”登久僵着身子，注视着半七的脸。

“虽然当着师傅的面有些难以启齿，但千次郎还在市谷合羽坂下的当铺干活时就与附近酒铺后巷一个叫美代的年轻姑娘有了私情。你平素猜疑吃味的对象便是那位姑娘。虽不知中间发生了什么，但千次郎与美代约好一同殉情，由男子先勒死了姑娘。”

“这——”登久脸色煞白，“两人真打算一同赴死？”

“没什么真真假假，的确是决意赴死。不过，那男子见了那姑娘的死状后负心薄幸。他突然改变主意逃了出来，接着便不知躲到哪里去了。那死去的姑娘颜面尽失，想必对那男子无比怨怼吧。”

“您说两人是殉情，可有确凿的证据？”

“姑娘的遗书已被发现，不会有错。”

言及此，半七忽然发现登久清澈的双眸中已蓄满泪水。

“他能决意与那位姑娘殉情，也就是说，我一直受他欺瞒。”

“虽然有些对不住您，但总而言之……的确如此。”

“我为什么这么傻？”

登久似乎已无法承受了。她不由自主地全身颤抖，抬起汗衫的袖口掩着双目。后门犬吠不停，松吉小声驱赶，然而这一切似乎都没传入登久耳中。过了一阵子，她擦着眼泪问道：

“知道阿千的下落后，您当如何？”

“对方既然死了，他也难逃法网。”

“若您找到了他，会抓捕他吗？”

“虽不愿如此，但这是我职责所在。”

“那请您立刻抓捕他吧。”

说着，登久忽然起身，唰的一下打开高台下的橱柜。只见一个年轻男子正面色苍白地缩在角落里。半七心想果然如此，下一刻便见登久抓着男子的手用力将他拉出了橱柜。

“阿千，你骗得我好苦！大前天跑来，和我说什么生意上不慎着了道，受了牵连，要找个去处躲避一阵，我这才将你藏进家中。我现在才知道这一切竟都是骗我的。原来你是要与市谷那姑娘殉情，临阵脱逃才成了这样。你从前欺瞒我许久不说，眼下竟然又诓骗我……我实在气不过，这就把你拉出来交给头儿！头儿，不论您是要绑他还是要将他投入大牢，全都随您处置！”

登久眼里噙着悔恨的泪水，怒视千次郎。男

子不敢直视登久的目光，别开眼去，结果又撞上了半七的眼神。他无地自容地垂眼俯身，将脸埋在起了毛刺的旧草垫上。

“事已至此，你是逃不掉了。”半七告诫道，“戏唱到这儿也该散场了。喂，千次郎，老实把一切都招了吧。我也不想把你拖到警备所去狠揍一顿了，就在这里听你说吧。”

“小的惶恐。”千次郎已然面无血色。

“你和那个叫美代的姑娘殉情了吧？那姑娘可是你绞死的？”

“头儿，不是的！美代不是我杀的！”

“少扯谎，这和你骗女人可不一样。在捕吏面前胡言乱语可没好果子吃。看清楚眼前人，老老实实说话！眼下可是有美代的遗书做证！”

“美代的遗书里没说与我殉情，她是自杀的！”千次郎颤抖着说道。

半七也有些骑虎难下，因为所谓的“殉情”只是自己的推断，看来美代的遗书中并没有写明是殉情，但他无论如何都觉得美代与千次郎之间一定有关联。

“既然如此，你为何会知道美代遗书的内容？若你没出现在美代尸体身边，是不可能知道这些的。再者，你怎么知道美代是自杀？快说理由！”半七威逼道。

“我这就老实说。”

“嗯，快说！”

见一旁的登久正怨恨地盯着自己，千次郎有些迟疑，但还是在半七的催促下咬牙招供了。他在市谷的当铺干活时，便偶然与住在附近的美代生了私情，但美代是武家外室，两人的私情若是暴露，不知会惹来怎样的祸端，因此两人一直非常小心，每月在杂司谷的茶馆里私会两三次。千次郎到新宿开旧衣铺后，依旧保持着与美代的关系。其间，千次郎的妹妹开始练习长歌。由于这样一层缘故，千次郎与师傅登久也有了不可告人的纠葛，同时还瞒着登久依旧与旧情人见面。

仅凭这样便足以惹来麻烦，谁知此时还闹出了更棘手的情况：千次郎与美代在杂司谷的茶馆幽会时被大久保府邸里的人撞见了。生性老实温顺的美代听说大久保的前任外室便是因与外男有染而遭手刃，顿时觉得已无生路，吓得颤抖不已。她在与母亲一同前往练马时中途逃走，然后在约好的茶馆里与千次郎见面，哀叹既然府邸已撞破秘密，自己一定是死路一条。

胆小的千次郎闻言也惊恐不安。不仅美代，自己作为她苟合的对象或许也会被押至府邸，不知要遭怎样的罪。但他不想与美代一同赴死。美代每次暗示殉情时，千次郎都竭力安抚，好歹在当日傍晚将她劝回了市谷家中。随后千次郎又觉不安，于是中途折返去了美代家，谁知来迟一步，美代已经将麻叶腰带抛上厨房横梁，悬梁自尽了。一旁的长火盆上放着两封遗书，一封留给母亲，一封则是给千次郎的。想必美代当初写得匆忙，两封遗书均未封口，所以千次郎将两封信都看了。

千次郎在震惊和悲痛中愣怔了好一阵，随后回过神来，将尸体自梁上放下，抱进里屋，解下她脖子上缠着的腰带，让遗体枕北朝南躺好，哭着在遗体旁合掌祭拜。他将美代留给母亲的遗书藏进火盆抽屉中，留给自己的则塞入怀中。他本打算立刻在她身旁自缢，又觉得与她一同死在这里有些对不起登久，于是恍恍惚惚地拿着美代的腰带悄悄走了。之后也不知怎的，他为了寻找自杀场所，迷迷糊糊地来到了取带池。当他反复盘算着是用姑娘的腰带上吊，还是就此跳入池中时，身旁恰巧都有人经过，他没能找到自杀的时机。暗夜之下，空中只有两三颗星星闪着微弱的光。千次郎仰望星光，神魂出窍般呆立原地时，春季微寒的夜风钻入皮肤，让他忽然对死亡害怕起来。于是千次郎将手里的腰带投入池中，在漆黑的夜路上一个劲地奔逃。

但是他被某种不安缠身，不敢立刻回自己家。虽然美代不是自己杀的，他还是害怕因美代的死而受到牵连，也害怕大久保宅邸会出手报复。千次郎想起某个往昔的当铺同僚就住在堀之内一带，于是立刻前往拜访。他随意扯了个谎，在那里躲了十多日，但也不能一直叨扰人家，便借了些路费再次回到江户。他回到江户的时候，正是登久在杂司谷遇见半七的第二天夜晚。

他没有勇气对母亲、对登久坦陈一切，故而又随意撒了个谎，说自己因不慎买了来路不妙的商品而受牵连，眼下不宜抛头露面。登久在与千次郎的母亲商量后，就将自己心爱的男人藏在了家中。谁知半七不但看穿了此事，甚至揭穿了千次郎的秘密，当即让登久怨恨难当。她被无法自抑的嫉妒之情蒙了眼，一把将往昔小心呵护的男人推到了半七面前。

“那之后呢？”我问半七老人。

“也没有什么‘之后’了。”老人笑道，“若是殉情，他就是凶手，既然那姑娘是自缢而死，就与男子无关了。此事若闹到明面上，他在受训斥之余还会被押送给町中差役看管。若是如此，一则他也可怜，二则事情也麻烦，我便只是当场训斥了他一顿，就把他放了。可笑的是，大约一个月后，登久和千次郎二人竟欢欢喜喜地来登门致谢了。我取笑登久，这次幸好情郎无事，不然当初她将人交到我手上，若情郎真成了重犯，她可就追悔莫及喽。登久听罢竟正色道，但凡女子遇见这样的事都会像她那样做……哈哈哈——”